岩 波 現 代 文 庫

かなりいいかげんな略歴

エッセイ・コレクション I

1984–1990

佐藤正午

Shogo Sato

文芸 360

岩波書店

目　次

一九八四年

かなりいいかげんな略歴

　昭和三十年八月、長崎県佐世保市の医院で産声をあげる。ただし、この産声を実際に耳にしたのはぼくを取りあげた医者だけである。周りにいた看護婦たちも生みおとした母親も聴きのがしたほどの、産声にしてはあまりにもかぼそい一声であった。七十を幾つか越えていたその医者は、思わず補聴器のイヤホンをはめなおしダイヤルを強に合せた、という嘘のような本当の話が残っている。看護婦からその話を聞かされた祖父は、謙虚という言葉の一文字をとって、初孫を謙隆と名づけた。

　〇歳から十歳くらいまでの間のことを、ぼくはほとんど記憶していない。まだ小説を書く決心を固めていなかったからである。その十年の間、父親の仕事の都合で県内を転々とし、小学校四年の秋に、長崎県の中央に位置する諫早市に住むことになった。のどかな田舎町の小学生は、ソフトボールに熱中するかたわら、本好きの友人に誘われて図書館通いを覚える。当時の諫早市立図書館は木造二階建ての古い洋館であった。内部は常に薄暗くほこりっぽく、一階閲覧室の板張りの床は、運動靴で一歩あるくごとにいまにも底が抜けそうな不気味な音をたてた。ぼくはこの図書館で、ポプラ社のシャーロック・ホームズものや怪盗ルパンシリーズを借り出してはむさぼり読んだ。ちょうどその頃、二階の学習室にあてられた小部屋で、毎日こつこつと売れない小説書きに励む一人の青年がいて、彼はのちに傑作『諫早菖蒲日記』の作者になる。

諫早での中学時代は軟式野球にあけくれた。五番バッターの遊撃手として活躍、特にその華麗な守備は完璧で（ゴロがショート方向に転がった瞬間、アンパイアはアウトを宣告したという逸話がある）、将来を嘱望されたが、三年生の春に（才能ある野球選手にはつきものの）腰を痛めて野球を断念せざるを得なかった。諫早の野球の水準の高さは三年後、ぼくを除くメンバーのほとんどが進んだ諫早高校野球部が甲子園選抜大会に出場し、ベスト8まで勝ち進んだことからもうかがわれる。

昭和四十六年、長崎県立佐世保北高等学校に入学。すでに野球を諦めていたぼくは他のクラブには所属せず、野球部のレベルの低さに目をおおいながら、勉学と映画に熱中。数学の成績がずばぬけていた。教師は理科系の大学へ進むよう助言したが、ぼくは物理の授業で引力の法則がどうしても理解できず（つまり、リンゴは下へ落ちるのではなく地球に引っぱられて動くというイメージになじめず）文科系を選ぶことにした。映画は中学生の後半からアメリカのものを好んだ。俺たちに明日はない、卒業、さよならコロンバス、イージー・ライダー、明日に向って撃て、マッシュ、わらの犬、フレンチ・コネクション……あげればきりはなく、思い出せば目頭があつくなる。

昭和四十九年、北海道大学文類へ進学した。北海道の大学を選んだのには、三つの大きな理由があった。一つは帰省のたびに日本縦断旅行ができること。もう一つはスキーができること。三つめは思い出せない。思い出せる二つの理由のうち、旅行は最初の帰省で五十時間も列車に揺られて精も根も尽きはて、早くも遠方の大学を選んだことを後悔した。スキーは金がかかるのと、スキー場へ行くのが寒くて面倒なのとで、いまにいたるまで未経験である。十代の頃、人はいろんなことを思いつき、実行しない。

大学入学と同時に演劇研究会に所属した。ぼくはシェイクスピアか金色夜叉でも演《や》るつもりで入ったのだが、この研究会は唐十郎一点張りで、それにやたらと酒を呑んでは当時流行したストリーキングを強要されるのが嫌で半年ももたずに退部。以後、何の研究会にも属さない。札幌の夏はぼくにビールと競馬を覚えさせ、冬はもっぱらアパートにこもりきりで、麻雀と読書ざんまいの生活を送った。麻雀はすこぶる弱く後輩たちのカモにされ、読書は文庫本の小説をかたっぱしから読んだ。この頃、野呂邦暢の『諫早菖蒲日記』に感銘をうけ生れてはじめてファンレターを書いたところ、すぐに返事が届いて、若いくせに君は文章がうまいよとほめてあった。この手紙が、ぼくが小説を書きだす一つのきっかけになる。

冬の出席日数が足りないため留年を二度くりかえし、成績がぱっとしないため第三希望の文学部印度哲学科に編入された。が、一日よく考えて印度にも哲学にも興味がないことが判ったので、あちこち駆け廻ったり空涙を流したりした挙句《あげく》に、第一希望の国文科に無理矢理押し込んでもらった。事情を知っている他の国文科の学生は、ぼくのことをまるで妾腹を見る本妻の子供たちのような眼で見るので、なかなかなじめなかった。結局なじめないまま、国文学研究の道は挫折、二年後のぼくは卒業論文の代りに百枚の小説を書くことになる。しかし二十三歳にして初めて書いたこの作品は、中央公論新人賞に意気ごんで応募したものの何の音沙汰もなく、東京の編集者の冷たさを思い知らされた。失意。

五十四年秋、佐世保に戻った。

定職に就かず塾の教師やホテルのフロント係をやって食いつなぐ。定職に就こうとして裁判所の試験を受けたり、別府温泉に二ケ月滞在して図書館司書の資格を取る。競馬の代りに競輪を覚えた。

二つめの小説を書きはじめたのは五十六年の初夏である。何度か投げ出しながらも書き継ぎ、五十八年の四月に書き終えた。応募規定の枚数を心配しつつ目をつぶって投函。五年の間にぼくの小説書きの腕はかなり上がっていたに違いない。今回の編集者はあたたかくむかえてくれた。

（『青春と読書』一月）

追記

昭和五十八年（一九八三年）十月、すばる文学賞の当選が決り、受賞のことばを原稿用紙一枚にまとめるように言われたのでその通りにして送ったところ、ボツになった。つまり内容が不謹慎なので書き直すようにという電話がかかってきた。不機嫌になって二つめを書いたら、それもボツだった。かなり不機嫌になってＡＢＣと三通り書きあげ、もうこれいじょう受賞のことばは思いつかないという手紙を添えたら、やっとそのうちの一つが採用された。ホッと一息ついているところへ、今度は受賞の記念にエッセイを七枚以内にと言われたのでその通りに書いて送ったところ、またボツになった。それでもう、かなりいいかげんふてくされて書いたのがこの「かなりいいかげんな略歴」ということになる。これはぼくにとって記念すべきエッセイの処女作である。

（文庫『私の犬まで愛してほしい』収録時の追記。以下『犬』と省略）

諫早――中学時代

諫早。イサハヤと読む。『諫早菖蒲日記』の諫早である。長崎県諫早市。人口、たぶん数万。あるいは現在は倍くらいに増えているかもしれないが。およそ十五年前、ぼくはその街の中学生だった。

という書き出しでこの連載予定三回のエッセイは始まる。しかし気が重い。ご存知ないかもしれぬが、ぼくは小説家なのである。もとへ。ぼくは新人の小説家なのである。くどい。要するに、ぼくは新人文学賞に当って本を一冊持てたばかりの人間なのである。佐藤正午。サトウショウゴと読む。『永遠の1／2』の佐藤正午である。いまのところ長崎県佐世保市に住んでいる。新作の小説を書き悩んで昼間は唸り通し、夜間は飲めぬ酒を無理して飲み歩き、口説けぬ女を無駄に口説き歩いている。飲んだり口説いたりするだけの印税が入ったのである。小説をこつこつ書いても儲らないという噂があるけれどあれは嘘で、小説をこつこつ書けば儲るのである。ぼくは儲った。ただ残らないだけだ。もし小説をこつこつ書いてもお金は残らないという噂があればそれは本当である(どうでもよいことだが、この辺は特に、地元銀行の預金係の人には強調しておきたい)。

で、話は最初から逸れたが、肝心の小説が書けないでいるというのに、エッセイの締切りが迫って気が重い。おまけに宿酔《ふつかよ》いである。頭も重い。しかし小説担当の編集者はもちろん恐いけれどエッセイ担当の編集者だって恐いので書かないわけにはいかない。とにかく机に向って、昨夜の口説き文句の添削をしながら、ぼんやり煙草をふかしていたら、隣家の中学三年生になる少年が遊びにやってきた。二階のぼくの部屋に上がってくるなり、

「先生、いい物持ってきてやったぞ」

と言う。ぼくは去年まで少年に数学と英文法を教えていたのである(今年になって母親が、息子もそろそろ高校受験のことを考えるべき時期なので、という理由で家庭教師を断って来た)。

「もっと静かにドアを閉められないか?」

「つべこべ言うなって、先生。これ貸してやるから」

ぼくは少年に国語は教えなかった。

「……なんだ?」

「エヘヘ。先生、鼻血だすなよ」

「ポルノか？」

「見たい？」

「ばかいえ。この年になっていまさら……外国もの？」

「日本人」

「見たくもない」

「またまた。顔が無理してる」

「誰が――。いいから、もう帰れ。仕事中なんだから」

「どれどれ」

「寄るな」

「なんだ、女の名前が書いてあるだけじゃないか。由紀子ってだれ？」

「うるさい。帰れ」

「これ、持って帰る？」

「置いて帰れ」

というわけで、ぼくと二センチしか背の違わない、すでに髭の剃りあとも青い少年が置いていった写真集を開き、日本女性のせつなげな表情や、栄養のいい胸元や、太《ふと》腿の間のあわいかげりを再び煙草をふかしながらぼんやりながめているうちに、自然とぼくは十五年前を回想することになる。当時はもちろん少年が置いていったようなビニ本は手に入らなかったし、田舎町の中学生は女性のからだに関する情報不足にずいぶん頭を悩ましていたように思う。

中学一年生。放課後、ぼくたちは校庭の掃除をしていた。掃除といったって中学の男子生徒がまじめにやるわけはないので、竹ぼうきを持ってただぶらぶら歩き回っていただけである。そのうちにふと赤ん坊はどこから生れるかという話になって、いやクラスメイトの一人が、赤ん坊は女のあそこから出てくるのであるがおまえたち知ってるかと一言もらしたことからそういう話になって、あたり前だ、他にどこから生れるんだとあっさり言う少年もいれば、おれもその話はかねてから耳にはしていたと二へんうなずく少年もいるし、冗談いうな、なんでそんなとこから赤ん坊が出てくるんだと目をむく少年もいて、まだその頃はこの言葉を知らずいまでも漢字では書けないカンカンガクガクの議論になった。三番目の少年が唾をとばして言うには、赤ん坊は母親の腹を切り開いて医者が取り出すものだそうで、彼の母親は彼が小学校のとき同じ質問に答えて、わざわざ風呂あがりのシュミーズをめくって腹(ヘソの脇あたり)の傷跡を指し示したそうである。いま考えれば、それはきっと盲腸の手術の跡だったと想像がつくし、いい加減な性教育があったものだと苦笑することもできるけれど、その昔、ぼくはおくての少年であったたし、だいたい女のあそこといわれても見当さえつかず、それにうちの母も(シュミーズはめくらなかったが)おなじような答え方をした記憶がないでもなかったから、彼の主張に最初に加担することになったのである。しかし相手方も譲らず、なにしろ議論の口火を切った少年の情報の出所は、七つか八つ違いのつい先週男の子を出産したばかりの姉であったから強力で、ぼくたちはおおよそ5対3くらいにあそこ方と腹方に分かれて、大声になったり小声になったり延々とああでもないこうでもない言い争いをつづけた。そうして結局、よし、じゃあ新谷《しんたに》に訊いてみようということになる。いまはどうかしらないが、十五年前は生徒の成績は5段階で評価されていて、いちばん優秀なのが5、これを全教科つまり国語も英語も数学も理科も社会も音楽も家庭科もそれから保健体育もと並べる少年(少女)がクラスにたいてい一人はいて、担任が通信簿を渡すときに、学級委員の新谷君は今学期もオール5でした、なんて言って他の生徒にむりやり拍手をさせる。新谷君は最優秀の生徒なのである。新谷ならなんでも知っている。よし、じゃあ新谷に訊いてみよう。見ると、その新谷君はいつものように仲間から一人離れて、皆が竹ぼうきなのに自分だけ熊手かなんか持って落葉を集めている。全員で駆けて行って、おい、新谷どう思

う？　あそこだよな？　腹だろ？　と口々に訊ねたあげく、こころもち首をかしげた思案顔の新谷少年から得た答は、

「腹、だろうな、やっぱり。あそこじゃないと思う」

これで決りなのである。周りですぐに、

「ほらな」

「やっぱし」

「シェー」

「だろうと思った」

「新谷、おまえ見たのかよ」

「…………」

「お前の姉さん、インランじゃねえのか」

などという声があがりながらも、すでにこれで裁定は下されたのである。このすぐあと、ぼくたちはどんなことを話し合ったか、あるいは一日後、一週間後、一ケ月後と、その話し合いの内容はどんなふうに変化していったか、ぼくはまったく記憶していない。だから、ぼくはある時期まで、赤ん坊は母親の腹を切り開いて取り出されるものだと思い込んでいたのにちがいないのだが、それがいつごろまでなのか、いつど

うして真実を知ったのかは判らないのである(今でも自信を持って知っているとはいえないけれど)。その辺をいちど新谷君と会って、お互いにじっくり確認したいと考えながら、果せないでいる。

——新谷君、連絡を待ってます。

さて。

そんなふうに、当時の諫早の中学一年生は、まことに純朴な、悪ずれしない少年たちであったのだが、話はがらりと変って、一方女生徒たちはどうであったかと記憶をさかのぼってみると、これがやはり、彼女たちはおそらくいつでもどんな町でも、男の子より人生の数歩先を走りたがるもののようである。そしてときどき振り返っては、おくての少年に向って生涯忘れられない名台詞《めいぜりふ》を囁《ささや》く。経験ありませんか?

数学の授業。名前は忘れたが、この数学の教師というのが一風変っていて……あの頃の教師はたいてい一風変っていて、生徒を殴るのが趣味みたいにしょっちゅう腕力をふるう体育の教師や、生徒の頭を刈りあげるのが生きがいみたいにいつもバリカンを持ち歩く技術家庭の教師や、月に一度必ず酔っぱらって教室に現われ、充血した眼で給料袋の明細を読みあげる社会の教師や、巨人が負けるととにかく機嫌が悪くて、プリントを教室の真中へんに放り投げ、生徒を混乱におとしいれたあげくにお前ら一枚ずつ拾って勝手に自習しろなんて怒鳴る英語の教師もいた……で、この数学の教師というのが一風変っていて、どんな風に変っているのか説明していると話が先へ進まないしいつか小説に使いたいと思っているので省くが、その日はぼくを指名してこんなことを言う。

「佐藤、君の今学期の成績は4だが、5にして欲しいか?」

「………」

「して欲しかったら前に出てこの問題を解いてみろ」

「………」

しかしぼくはそのとき教師が黒板に書いた問題を見ていない。斜めうしろの女生徒から回ってきた手紙を見てうろたえていたからである。ノートの切れ端にこう書いてあった。

講堂のところで三時半ごろ待っているので必ず来て下さい。

I・LOVE・YOU ♡

「佐藤、5が欲しくないんだな?」

「………」

周囲でクスクス笑いが聞こえる。十三歳のぼくはどうしてよいか判らない。

「よし、判った。佐藤の今学期の成績は3だ。廊下に出て立ってろ」

ぼくはこのとき女性問題に関して人生で最初のため息をついて立ちあがった。

「新谷、君は5が欲しいな?」

「はい」

「佐藤、廊下へ出ろと言ってるのが聞こえんのか?」

放課後、講堂の裏庭へ行ってみると、手紙を回してくれた女の子と、もう一人別の子が横に立って待っている。おそるおそる近づくと仲介役の方が隣を指していきなり、

「この人、佐藤君の子供がほしいんだって」

と、どぎもを抜く紹介のしかたをするのである。

「あ……ぼく……」

と口ごもるしかない少年に向って、仲介役の少女がまたすぐに、勝ちほこったように笑いながら、

「ほら、ぼくって言った」

「………?」

「佐藤君、自分のことぼくって言うね」

「……うん、ぼく」

「あたし佐藤君てちょっと頼りない感じがする」

「笑わないで」

「アハハハハ」

「…………」

とぼくも黙りこんだし、どうやらぼくに好意を持ってくれてるらしい女の子もしばし沈黙した。それから口を開いて、そんなことはない、佐藤君は頼りがいがあると弁護してくれるのかと思っていると、

「あら、じゃあ新谷君は頼りなくないの?」

この切り返し方に大いに感心したり、ぼくはどんな女の子の目から見ても頼りない感じがするんだなと寂しがったり、新谷もぼくと同じように意外ともてるんだなと思ったりしながら(たぶん当時は頼りない感じの少年がもてた時代なのである)、あいかわらず沈黙をつづけていると、一人が、じゃあね、なんて言って去っていく。二人きりになった中学一年生の男女は、テストのことや、同級生の噂や、グループサウンズの好き嫌いをしばらく話し、うつむいて小石を蹴ってみたり(ぼく)、タイガースの曲をハミングしてみたり(女の子)の後、そろそろ帰ろうか(女の子)、うん(ぼく)、ということになる。そして別れ際に彼女がこんなことを言うのである。

「佐藤君、ズボンの裾もっと長くしたほうがいいよ」

「うん？」

「廊下に立たされたでしょ。見てたら脚が短かったって(仲介役の女の子が)笑うの。脚が短くてズボンまで短いからもっと短く見えるのよ。お母さんに言って長くしてもらいなさい」

ぼくはじっと自分の足先を見下《みおろ》したまま立ちつくしていた。彼女がいなくなってからもしばらくその場を動けなかった。男には脚の長いのと短いのと二通りあって、どうやら長い方が女性の好みに合うらしいという事実を知ったのは、このときが最初だった。しかし同時に、どうやら短い方にも好意を抱《いだ》いてくれる女性がいないわけでもないという事情を呑みこめたことが救いだったと思う。以後ぼくは、自分の両脚が長くはないことを自覚しながら、あの時の彼女のアドバイスを忘れず、ズボンの裾は必ず長めにするよう心がけることになった。

何度も言うように、ぼくはおくての少年でしかも感じやすかったから、まだまだ耳に残って忘れられぬ女の子の名台詞はある。しかし残念ながら時間である。飲んで口説きに出かけなければならない。由紀子という実に口説きがいのある女性のいるバーへ。ほんと言うとぼくはいまでもおくての青年で、だが彼女の口からはまだきわめつきの名台詞は聞いていない。

（『青春と読書』五月）

追記

この文章が掲載された当時、ある先輩作家とある編集者の二人から（二人とも優しい性格の人物なので強い非難ではないけれど）もう少し頭を冷やして書いた方がいいんじゃないかとアドバイスをうけた。それからまる五年たって読み返してみると、いまのぼくも当時の佐藤正午に同じ忠告を与えてやりたい気持ちになる。デビューしたての頃は、自分の書いた物が印刷された文字になるというだけで無上の喜びを味うことができた。ただその点にのみ書き手としての感動があって、それをバネにしてがむしゃらに書きまくっていたというところがある。次に続く高校時代と大学時代を扱った文章についても事情は同じである。本当は削ってしまいたい部分が山ほどあるのだが、そうするとほとんど新聞の投稿欄みたいになってこのエッセイ集の成立があやうくなるので、ほぼ原形のままにとどめざるを得ない。

（『犬』）

佐世保——高校時代

佐世保。サセボと読み、あるいはサセホと呼ぶ人もまれにいる。諫早と違って、佐世保をタイトルに使った小説はぼくの知る限り(ぼくはそう多くを知らないが)まだ誰も書いていない。ぼくも書くつもりはない。長崎県佐世保市。人口約二十五万。いまも昔も二十五万。基地の街佐世保。不景気の街佐世保。八車立て競輪の街佐世保。昭和四十六年だからいまから十三年前の春、ぼくはこの街で高校生になった。

一年

入学して一年目のことはあんまり記憶に残っていない。たぶん何も起らなかったのである。ぼくは数学と国語と英語と生物と地理の成績がいいしごく真面目なそしてめだたない生徒だった。担任の、赤ら顔で汗かきで声が太くて体格のいい五十男の英語教師は、最後までぼくの顔と名前を覚えてくれなかった。中学は諫早だったし、体育クラブにも文化クラブにも参加しなかったので友人はいなかった。印象に残るクラスメイトもいない。

学校をはなれたところでは、諫早の私立高校に進んだ中学時代の友人たちと連絡を取り合い、日曜ごとにこちらから出向いたりあちらから訪問されたりしているうちに、タバコとボンド遊びを教えられた。が、そのうえアルコールと女を習う時間の余裕は、公立進学校の新入生にはなかった。当時の友人たちのうちの一人は、最近耳にした風の便りによると、いまでもぼくのことを下戸の童貞だと信じている。

二年

印象に残るクラスメイトが二人いる。一人とは現在もときどき連絡があり、なんべん聞いてもぼくには覚えられないが東京で商事会社のようなところに勤めている。彼とは物理のテストでお互いに赤点を取って仲良くなった。それから学校をサボってロマンポルノを見に行ったり、夜、勉強会と称してパチンコ屋に出入りしているうちにもっと仲良くなり、冬休みを利用して二人で北海道まで旅行することになった。できるかぎり普通列車を乗り継ぐという金のかからない分からだの疲れる旅だった。ぼくが札幌で、ジャネット・リンが尻もちをついたスケート場を見物している間に、負けずぎらいの彼は一人で岩見沢まで足を伸ばし、駅のスタンプを貰ってきておれの方が遠くまで行ったと自慢したのを覚えている。高校時代は酒もタバコも女もぼく以上に知らない男だったのに、いまでは一升酒のヘビースモーカーで、呑むと調子に乗って何でも喋る。彼の二十歳《はたち》のときの童貞喪失物語をぼくは三度聞いた。哄笑のなかにほろ苦い隠し味があり、ペーソスのデザートがつく。いつか小説に書く。

もう一人の男は行方がわからない。いつでも学生服の内ポケットにショートホープをしのばせていた、スマートボールの名人だった、ぼくに大学の身代り受験を本気で頼んだ男。彼とも物理のテストで互いに親近感をおぼえた。なにしろ担任が面白味のない物理の教師だったのである。

高校を卒業したあくる年の冬、久しぶりに彼から電話がかかってきて、駅前のホテルのロビイで待っているという。何事かと思って行ってみると、当時浪人中の彼が銀縁眼鏡のフレームをしかつめらしく指先で押しあげて言うには、

「卒業アルバムを見てて気がついたんだけど、おまえとおれは顔の輪郭が似てる」

「…………？」

「眼もとも鼻の形も髪型も似てる。おまえが眼鏡をかければそっくりになる」

「…………？」

「おまえおれの代りに試験を受けろ」

「……冗談いうな」

「冗談いってる場合か。受験まであと一ケ月しかないんだぞ」

「……でも、失敗したら、やっぱり自分で受ければよかったと後悔するよ」

「しない。失敗するもんか。写真と本物の区別なんかつかない。おまえは去年受かったんだから今年も受かる」

「大学がちがう」

「おまえの大学よりランクは下だ」

「一年も勉強していないし、受験のコツを忘れてる」

「しないでも受かる」

「無茶いうな」

「無茶かどうか、とにかくやってみろって。こんなことができるのは若いうちだけだぞ」

……そんな押し問答を小一時間もつづけたあげくに、おまえにはむかし、学校の屋上で、何本かショートホープを喫《す》わせてやったとか、スマートボールの出る台を譲ってやったとか、受験費用はもちろん旅費とホテル代の他に二万円はずむからそれでソープランドに行けるとか、いろんな口説き方をされたけれど、結局ぼくは断った。不正を憎むという気持からではむろんなく、ただ臆病だったせいもあるし、大学受験なんてもう二度といやだというおっくうな気もあったし、ソープランドにはその頃それほど行きたいと思わなかったこともある。どうしてもだめか？　と彼が最後に真剣な顔で訊ね、ぼくがあっさり、だめだ、と首を横に振ってそれで終りになった。二人でホテルを出て、晩飯を一緒に食わないかというぼくの誘いを彼が断り、それぞれ深いためいきを一つずつついて、そのまま別れた。十年経ったが彼からの電話はその後一度も鳴らない。大阪のストリップ小屋で働いているとか、沖縄で砂糖キビを刈っているとか、台湾で旅行ガイドをやっているとかいう噂をいくつか耳にしたことがあるけれど確かではない。ただ、ぼくの方はいま思えば〝若いうちだけ〟にできることを何一つやらずにここまで過ぎてきたような気がするが、彼の方はあるいはその逆だったのかもしれず、もし噂がすべて事実だったとしてもぼくは少しも驚かない。

三年

この年のクラスメイトとはいまでも大勢つき合いがある。

毎年一回催される学内の作文コンクールに、枚数制限五枚のところを二十枚も書き、担当の教師から文才は認めるが長すぎて評価の対象にならないとたしなめられた友人は、現在は新聞記者をしていて、たまに帰郷すると、文章の要は簡潔、適確、それだけだ、なんてぼくに意見する。しかし彼は、ぼくの最初のそしていまのところ唯一の本の出版祝いに、五万円もするモンブランの万年筆をプレゼントしてくれた。編集者にその話をしたら十年早いと叱られたのでまだ使わないけれど、心から感謝する。ちなみに、小説をだらだら七百枚書けば新米の作家になれて批評家に叩かれ無視され、文章を簡潔に適確に書けば友人に外国製の万年筆を贈れる高給取りの新聞記者になれる。

学内マラソン大会が廃止されてぼくらの学年から新しくできた長距離歩行大会とかいう名目からしてみっともない行事を一緒にサボり、西海国立公園九十九島の海へ伝馬船を漕《こ》いだ友人は、東京でぼくにはよく判らない事務の仕事についている。彼は去年の夏、恋人を連れて戻ってきて伝馬船に乗せ、ぼくたちの思い出の無人島の一つで良からぬことをして今年結婚に漕ぎつけた。式と披露宴に呼ばれたので印税のうちから幾らか包んだが、むこうからは出版の祝いは何も貰っていない。事務員はそれほど儲る商売ではないらしい。

一年間しょっちゅう遅刻や欠席をして三科目の補習授業を受けたあげくに、やっと高校を卒業できた友人は、東京で何やらわけのわからぬ会社を三つ変り、いまは少し落ち着いて平凡なサラリーマンになろうとしている。ときどき会社の電話を使ってかけてきては、自分のことばかり延々三十分も喋って、切る。だからぼくは、彼の恋愛問題や経済状態から上司の口癖、女事務員の生理の具合、出張経費の落し方までなんでも知っているが、彼はぼくのことをあんまり知らない。たまに、いま何してる？と訊かれても、小説書いてる、ふーん、それで終りである。好奇心に欠ける。出版祝いを要求する気さえおこらない。

当時女の子をとっかえひっかえ下宿に連れ込んで大家のオバサンをヒステリーに追い込んでいた離島出身の友人は、これもいま東京に住んで定職に就かずとっかえひっかえアルバイトをやって暮している。女の方はいまはどうか知らない。先日、速達が届いて、どうしても何がなんでもニューヨークに行かねばならぬ気持があって旅費がない、印税から少しまわしてくれないかと頼んできたので、葉書に、モウナイ、とだけ書いて送りかえした。あるもんか。

そのころ一人だけ真面目そうな顔をして陰では競輪にこっていた友人は、いまでも陰で競輪にこりながら真面目な職業に就いている。三十になるまで結婚はしないといっていたのが、仲間内ではいちばんはやく女に捕まって、しりぞける文句も逃げる要領も知らず、もうじき一児の父親になる。生れる前から子供の性別がわかるらしく、女の子なので名前をどうしようと悩んでいる様子を見かねて、輪子と書いてワコと読ませろと勧めているのだが、聞いてくれない。

麻雀がめっぽう強くて、花札の打ち鳴し方がうまくて、映画好きだった友人は、二番目に所帯持ちになって仕事に精をだし、佐世保に住んでいる数少ない友人の一人なのでときどき人恋しくなると電話をするのだが、平日は会社の女の子が、市外に配達に出てますなんてそっけなく応対し、日曜は奥さんが出て、ゴルフなんですまたとさびしそうにすまなそうにおっしゃる。麻雀はずいぶんごぶさただし、花札はもう忘れてしまったし、映画はいまでも見ているのだろうけれど話す機会はなく、人恋しさの時間を持てあましたぼくもやっぱり、いまのところの仕事に精をだすことにしてこんな文章を書くことになる。

高校三年のとき気まぐれにつけていた日記を読むと、ぼくは右にあげた友人たちと昼間はしばしば授業を抜けだして一人の下宿で何をするでもなくたむろし、夜は何をしていたのか待ち合せては一人の家に泊ることをくり返している。とくに十二月になると冬休みと重なるせいかそれがひどくて、ぼくは自分の家では十日も寝ていない。ある友人の家では母親が、ぼくたち専用の歯ブラシを備えつけてくれていた思い出があるから、それもおそらくこの頃である。大学受験をまぢかにひかえた十年前の進学校の最上級生たちが、いったい何を思い何を喋り何を夢みていたのか。
……三行分ほど時間をおいてみたが何も浮かばない。限界である。そわそわしてきた。つまり今回もまた残念ながら夜の街へのこり少ない印税を使いに出かける時刻が迫ったので、あとはぼく一人でウイスキーの力を借りて、ちょっと思い出にふける。

P.S.
連載一回目のエッセイを読まれた方へ。
由紀子という女の子はまだ口説き落せません。
二十二歳。身長一六〇センチくらい。色白。決った男はいないと店のママは言う。
ほんとなら見こみがあるんだけど。
最終回を
乞御期待。

（『青春と読書』六月）

札幌——大学時代

ぼくの青春を捨てた街。

そんな気障《きざ》な文句が、五年ほどまえ読んだ小説のなかに確かにあったような気がして、半日、本棚をかたっぱしから捜してみたのだが見つからない。おかげで、ただでさえ足の踏場もない狭い部屋はいま古本屋の引っ越しみたいに平積みにした本で埋まっている。埃だらけの本を手にとって気ままに背文字を眺めると、懐しい本があり、忘れていた本もあり、何べんも読み返した小説があって、読み通せなかった小説もある。『二人の妻を持つ男』『ヒルダよ眠れ』『事件当夜は雨』『トライアル&エラー』ときて次に『青い月曜日』『美しい女』『多甚古村』『家族会議』が載っているのは、さっき文庫本がくずれて積みなおしたときに、翻訳ミステリーの棚のとそうでないのとがまじったのである。もとの場所へきちんと並べるのにまた半日かかりそうだ。

五年前に確かに読んだという気がするのは、ちょうどそれが大学時代を六年近く過した札幌から郷里へ戻ってまもない頃で、その気障な文句を眼にしたときすぐに、これはぼくにとっての札幌を指していると切ない気持で敏感に反応した覚えがあるからである。大学を中途でよして親元に帰った青年には、打ちこめる仕事も遊ぶための金も色気もなく、無為な一日があるだけで、何百頁かの小説のなかに感傷的な一行を捜して溜息をついたことが、情けない話だが当時の思い出ということになるらしい。ぼくの青春を捨てた街。そんな一行が本当にあったのかどうかいまははっきりしないけれど、ぼくは確かにそのとき甘ったるい溜息をついた。そしてもう一つ感傷を添えれば、季節は秋の終りで、テレビのニュースは北国の初雪を伝える頃にその溜息はつかれたような気がする。ぼくは昭和五十四年の秋に、本だけをダンボール箱に詰めて札幌から持ち帰った。他には何もない。思い出になるものは何もなかった。酒も、喧嘩も、ロマンスも。少なくともその年の秋の終りにぼくはそう信じていたのである。ぼくの青春を捨てた街。いまでも一言で札幌の六年間を表わせと言われれば、ぼくはその文句をやはりまず頭に浮べる。しかし、現在のぼくは五年前と違って小説書きに打ちこんでいる、とはいわないいまでも二日に一ぺんは机に向っているし、男の色気はあいかわらずないけれど遊ぶための金は印税がまだほんの少し残っていて、つまり一日はそれほど無為ではない。感傷にひたりきる時間がない。それに編集者はぼくに札幌時代を一言で表現してみせろなんて決して言わないのである。君は駆けだしの小説家であって三流のコピーライターではないのだからね。だからこれから五年前ダンボール箱に詰めた本の隙間に気障ではない何が入っていたか少し思い出してみる。

＊

その年、大学には入学式がなかった。よく判らないがたぶん学生運動が盛んだった頃の名残りではないかと思う。翌年か翌々年には復活したはずである。ぼくの場合、高校の卒業式も受験と重なって出席できなかったので、高校ぶじ卒業はれて大学入学、というその辺の区切りがもう一つついていない。いつのまにか新しい学生証を持ち似たような教室に知らない仲間たちと机を並べ、いやでも高校時代を思い出すような英語の授業を受け、右隣を見るとまるで受験勉強の延長みたいに単語カードかなんか繰っている男がいてうんざりし、左隣を見ると両手で机を叩いてリズムを取っている男がいてぼくの視線に気づく。三重松阪出身のその男はジャズが好きで太鼓を叩くのである。夜、暇なら一緒に行かないかと誘われて、北二十五条のいまでもあるかどうか知らない〝アイラー〟という店に連れていかれた。ジャズ喫茶に入ったのはそれが最初である。それが最後にはならなかったけれど、いつもそれを最後にしたいと思う。彼には競馬と麻雀も教わった。カブラヤオーが皐月賞、ダービーをとった年からテンポイントが骨折して死ぬまでの時期、ぼくは札幌競馬場あるいは薄野《すすきの》の場外馬券売場に通うことになる。ぼくが下宿していた隣の部屋に静岡出身の学部は違うけれど同じ大学の男がいて、よく三人で麻雀を打った。静岡の彼は流しもガスコンロも換気扇もない四畳半に電熱器を持ちこんでサンマを焼き、タオルの鉢巻をまいた頭をうなだれて大家の小言を聞くような、どこか所帯じみたどこか間の抜けた大学生だった。高校時代に柔道をやっていたとかで、体つきはなるほどとうなずけたが、他のスポーツも見るのは何でも好きでとくにプロ野球を好み、当時もいまも奇特な大洋ファンである。長嶋茂雄の現役最後の試合は彼と二人でテレビの前にすわった。

たびかさなる大家の小言を嫌って彼は新しくアパートを見つけ、ぼくは別にどこにいたってうまくやっていけたのだが、他に友人がいないので彼の後を追ってまた隣に住むことになった。そのアパートのはす向いにいたのが、茨城水戸出身のこれも同じ大学に通う、麻雀が強くて、パチンコがうまくて、それほどうまいとは思えぬギターを弾きながらぜんぜんうまくない歌をうたうのが好きで、酒も好きだが女性には縁のない男だった。その頃ぼくは『杏子』という小説を読んで、気のふれた女主人公に使いようのない想像力をかきたてられ、部屋に住みついた一匹のハエに杏子と名前をつけて呼んでいたのだが、それを聞きとがめて彼が、いくらハエとはいえ女の名前に杏子というのはどうだろう、自分ならもっと素直な、たとえば早朝に生まれたから朝子とか、花の季節の桜子とか、真夏生まれの夏子とか、そんな名前にしたいという。どんな些細な問題でも人と言い争いを好まぬ生まれつきのぼくは、すぐさま同意して、ハエはツツジと改名された。ぼくは知らなかったが、大学に顔を出していた彼の話では、ちょうど校庭に躑躅《つつじ》の花が咲きみだれる季節だったのである。それからその夜、二人してビールを飲みながら素直な女の名前をいくつもいくつも数えあげ、酔った彼がギターを持ち出し、きわめつけを一つ選んでぼくが詩を書き彼が曲をつけ、明け方までかかって完成したのが〝夏子〟という歌である。が、その歌が名曲だったという記憶がいまはかすかにあるだけで、ぼくは詩の内容もメロディも憶えていない。〝夏子〟が完成して一ケ月もたたないうちに、化粧品のコマーシャルで、なんとかというグループが「なああつこおおっ」と絶叫するのを聞いて愕然としたおぼえがあるから、きっとそのショックで忘れてしまったのだろう。夏子という名を歌にした札幌の大学生のセンスはほとんど東京のCM制作者に迫っていたが、その歌唱法の流行感覚においてぼくたちは立ち遅れすぎたのである。日の目をみなかった作曲家はその後、理学部を中途退学して、しかし札幌にとどまり北二十五条付近の焼鳥屋に職をみつけた。

大学時代の友人は極端に少なくて、五本の指で勘定しても余るくらいだから、同じ文学部で親しくつきあったのも一人二人しかいない。それくらいぼくは学内での生活に興味が持てなかったし、たまに持ちかけて大学に出かけても、他の学生の興味を引かない存在だった。一人だけ興味を示してくれたのは兵庫豊岡出身で、ぼくもそうだがもっと痩せっぽちの、ぼくも本は読む方だがもっとずっと読書家の、ぼくと同じくらいに気むずかしい男である。彼には初めて会った日に名曲喫茶という感じの店に連れていかれた。喫茶店でしんねりむっつりコーヒーを舐《な》めながらモーツァルトを聞いたのはそれが最初である。最後にしてもらった。その代り次からはお互いのアパートを訪問し合い、お互いの本棚を横眼でにらみ合った結果、ぼくの方が影響をうけることになる。中国文学専攻の彼のおかげで、岩波古典文学大系の古今和歌集や新古今和歌集が、桜楓社の源氏物語(全)や風巻景次郎全集6新古今時代が、筑摩書房の日本詩人選10後鳥羽院や同じく11藤原定家が、国文科のぼくの本棚に並ぶことになった。あんまり一方的に影響をうけるのもシャクだから、こちらからもときどき何冊か持って出かけるのだが、彼は読書家だから読むだけはきちんと読んでくれたうえで、ちっとも感心しなかったな、筒井康隆の方がよっぽどおもしろい、なんてあっさりかたづける。ぼくが持って行ったのはほとんどがお気に入りのミステリーで、彼はＳＦ小説のマニアでもあったのである。彼はいま高校の国語教師をしていて、時おり文通があるのだが、このあいだの便りによるとぼくが書いた小説に出てくる高校教師のモデルではないかとガールフレンドに疑われ、往生してるらしい。

*

友だちが少なかったから、札幌時代の大部分をぼくは一人で過したことになる。冬場はたいてい部屋に閉じこもって小説を読みあさったり、誰にも出せない手紙を書きためたり、かと思えば一日中テレビの前を動かなかったりする。暗い。春になっても街に雪は残り、ぼくは雪道を歩くのはあまり得意ではないから同じような生活になった。まだ暗い。初夏をむかえてようやく外へ出る。街路樹の眼にしみるような緑だけをぼくは憶えている。ニセアカシア。いちど初夏の札幌の街を歩いてごらんになるといい。ニセアカシアの葉の色ほど澄みわたった空にはえるものはない。といいつつ、新緑を眼で楽しんだあとは他に行くところもないので、また暗い場所を求めるしかない。映画館である。札幌の六年間で観た映画の数は得た友人の数のおそらく百倍近いと思うけれど、ここではその一つだけについて思い出す。〝ジュリア〟。

リリアン・ヘルマンという女流戯曲家の役でジェーン・フォンダが主演した。映画がはじまるといきなり彼女がくしゃくしゃにまるめたタイプ用紙をごみ箱に捨て、それを蹴とばす。戯曲を書き悩んでいるのである。戯曲家は頭をかかえ、煙草を喫い、もういちどタイプライターを叩く。出来あがった原稿をダシール・ハメットに見てもらう。駄目だ、とにべもなく首を振られる。肩を落とし、頭を掻きむしり、煙草を喫い、タイプを叩きなおす。深夜くりかえし煙草を喫いタイプを叩きつづける女を見るためにぼくは同じ映画館につづけて五日通った。どんなに気に入った女の子のいるスナックでも四日つづけて通いつめたのがぼくの記録だから、これは並大抵のことではない。けれど映画の筋はろくに憶えてもいないので、ただ、女優の表情はもちろんその声とその指とロング・スカートをはいた姿が美しかったのは忘れないし、彼女が最初から最後まで煙草を喫い通しに喫ってみせるのが少しも嫌味でなかったことが印象的だった。映画全体を通していえば、ジェーン・フォンダはこの作品でありったけの演技力を惜しみなく披露し、女流作家という役柄をうまくこなしながら同時に、一人の女の半生のなかにぼくの妹を演じ、姉を演じ、あるいは気のおけない女友達を、まだ見ぬ恋人を、優しい母親を、親しい叔母を、懐しい従姉妹を演じ、つまりあらゆる女性の型を完璧に演じきっていたのだが、しかし出不精のぼくが五日つづけて狸小路の映画館まで足を運ぶ気になったのはやはり、女優の奥の深い演技に魅せられたためだけではない。仕事をする作家の横顔をこの映画ほどたんねんにしつこく描いたものを他に知らなかったからである。ぼくは映画の筋立てを追うまえに、そして女優の才能に感嘆するまえに、いちど駄目だと言われた原稿を打ちなおす作家の辛抱強い指先に見とれ、とうとう完成した第二稿(それは今度はハメットに認められる)の末尾にTHE ENDを幾つも幾つも叩きつけて最後の煙草に火を点ける作家の満ちたりた表情に見とれ、五日間見とれつづけた。

昭和五十三年の十月、東京では広岡ヤクルト・スワローズが優勝を決め、原子力船むつは佐世保へ向い、札幌では早くも初雪が降り、暗い大学生は映画のなかの作家に心をうたれて、それまで何度も書きかけては放り出していた小説に、一つでもいいからTHE ENDを付けたいと考えた。そういうと、結局は映画の主人公の真似をしたくなったわけで、我ながら軽薄に思えて調子がわるいけれど、ぼくが最初の小説を書きあげる決心をつけた理由の一つに映画〝ジュリア〟があるのは確かだからしようがない。だいたいどんな理由からであろうと、国文科の授業にもついていけないくせに小説を書こうなどと考えた大学生は根が軽薄にできているのである。翌年ぼくは生れて初めて小説の末尾に終りと書いた。そしてそれが始まりだった。一つ小説に終りと書くともう逃げられないのである。現実は映画のように二時間で幕を閉じて終りではない。その場かぎりで終るのは満ちたりた表情と最後の一本の煙草の味で、もしそれが忘れられないほど魅力的なら、また最初の一本から始めるしかない。すなわちぼくは二つめの終りを書いて駆け出しの小説家になり、そして今日、決しておしまいになることはない THE END を打ちつづけることが君の選んだ仕事だと、編集者から新作の小説を催促する電話がかかる。

そういうわけで、ぼくはこれから一服するとすぐに小説書きに励む。残念ながら今夜は酔って口説きに出かけるわけにはいかない。締切りが目前に迫っているのである。だから、由紀子という女の子の話を期待していた読者がもしいるなら申し訳ないが時間も余白ももうないので足りるかなそれはまたいつかどこかで書きます注文があれば必ずお見逃しのないようにぴったしだ、ごきげんよう。

（『青春と読書』七月）

追記

後に書いた『ビコーズ』という小説の中で、女主人公の名前を由紀子に決めたのは、この文章のことが頭にあったせいである。

（『犬』）

豊饒なる未来に

昭和五十五年五月七日。青年のきまぐれな日記に間違いがなければその日の朝に作家は息をひきとった。快晴である。五月晴れの青く澄みわたった空に誘われて無職の青年は散歩にでかけ、世の男たちは明るい陽の射しこむ部屋で連休ぼけの頭をふりながらたまった仕事に精をだし、女たちは洗濯物を干し終えて真白な雲をふり仰ぐ。ちょうどその頃ラジオとテレビのアナウンサーは厳粛な声で訃報を伝えていたわけである。しかし無職の青年が作家の突然の死を知ったのは翌日の雨の朝の新聞によってで、それは世の男たちや女たちのほとんどが見過ごしてしまいそうな地味な目立たない記事だった。たぶんほとんどが見過ごしてしまったのだろう。誰も、無職の青年の知る限りでは誰も、長嶋ジャイアンツの不振を嘆く者はいても作家の死を惜しむ者はいなかった。

作家はどこかのほんのひとにぎりの人々に惜しまれつつこの世を去ったのである。そしてそのひとにぎりのうちで目はしのきく、文学史にくわしいもっと数少ない人々によって、作家の命日は菖蒲忌と名づけられた。菖蒲忌。いかにも『諫早菖蒲日記』の作家にふさわしいという気がしないではないけれど、しかしどことなく生き残った者の手前勝手な名づけ方にも思われる。が、すでに口を閉して眠りについた作家に意向をただすわけにもいかず、それにどんな作家にしろ忌日の命名にあたってはある程度生き残った者の都合が働かざるをえないのかもしれない。

いずれにしても、生前の作家がどうであろうと無職の青年にとって菖蒲は五日の風呂に浮かんでいるくらいにしかなじみのないものだし、だいいち毎年毎年花をたむけて故人を偲ぶような感傷的なそれとも優雅な趣味は持ち合せていないから、作家の忌日などは何の特別の意味もありはしないのである。菖蒲忌は菖蒲湯と同じように一年に一ぺんだけの何事かを大切にしたい人が記憶すればいい。青年に意味があるのは作家の位牌ではなく、作家が残した作品なのだから。

無職の青年はかつて北国で無為の大学生であった頃、雪に降りこめられた一日、『諫早菖蒲日記』を読みふけって恍惚に近い気のたかぶりを味わった思い出がある。そこに吹く初夏の風、揺れる木洩れ陽、樹々のみずみずしい青、あふれる水、土の匂い。そこに生きる人間たち。そこに描かれた純朴、信頼、勇気、初恋、涙、笑い、死の影、生の歓び。作家の経験と才能と熟練によって切りとられ選びぬかれた言葉はいっせいに光をはなち、まるで真夏の陽射しのように怠惰な大学生の眼をまぶしくくらませた。大学生は言葉に酔いしれ、とりとめのない手紙を作家に送りつけた。

小説の注文に忙殺されているはずの作家は一週間ほどのうちに返事をよこして大学生を驚かせた。原稿用紙一枚に青のインクを使ってのびやかな文字で書かれた手紙だった。その後、大学生は帰郷の際の引っ越しにとりまぎれて作家の手紙を紛失してしまったけれど、帰郷した無職の青年の頭のなかにその文面は長くとどまった。とくに最後の一行。君の現在の混沌が、と作家は書いていた。豊饒な未来に変わることを期待します。混沌は混沌のまま豊饒な未来はなかなか訪れようとしないが、青年は作家の死からちょうど一年後の五月、ペンを握って長編小説を書きはじめる。二年たって運よく一冊の本になった。批評家がとりあげるほどの小説ではないから誰も何も言わないけれど、青年はその小説に「一滴の夏」の、あるいは「海辺の広い庭」の落とす濃い影を認めている。

そして昭和五十九年五月七日。青年の気まぐれな日記に間違いがなければ作家の死から四年が過ぎた。快晴である。あいかわらず連休には縁のない青年は、人出のたえた五月晴れの街へ散歩にでかけようとしている。今日という日には何の特別の意味もないけれど、机の上にはついさっき読み終えたばかりの『諫早菖蒲日記』が本棚に戻されぬまま置いてある。本を閉じるときの青年の深い嘆息からすると、いまもなお混沌は継続しているようである。作家は青年の豊饒な未来を期待しただけで、予言はしなかった。

（『長崎新聞』五月）

二〇〇一年の夏……

二〇〇一年の夏。

こう書いてみるだけでなんだか壮大な気分を味わって、わずか二枚半の原稿ではない二〇〇〇枚の長編小説にでも取りくんでいるような気になるけれど、しかし考えてみれば、いや、考えてみるまでもなく指を折って数えてみれば、二〇〇一年の夏というのはたった十七年後の一つの季節にすぎない。

一九五五年の八月に生をうけた赤ん坊は、つまり今年二十九歳の青年で駆け出しの小説家であるぼくは、新世紀の最初の夏を四十六の中年男として迎えることになる。壮大でもなんでもない。ごく当然のこととして十七年間着実に年老いていくだけの話である。しかも十七年の月日は、ぼくのこれまでの経験からいってあっという間に過ぎる。ごく当然のこととして、着実に、しかもあっという間に二〇から二一へ、旧から新へ世紀は生まれ変わり、ぼくは中年になる。小説家としておもむろに駆け出したのはいいけれど、助走路はそれほど長くない。フルスピードへ移るまえにホームストレッチにかかる心配もある。あと十七周。ぼくが周り、みんなが周る。周回を重ねるごとに世の中のしくみは少しずつ変わっていくかもしれない。ぼくたちの生活やぼくたちの言葉にはゆっくりした変化が見られるかもしれない。しかしおそらく新しい世紀の夏にも、初夏のまぶしい陽ざしがあり、真夏の午後のけだるさがあり、若い女性の肌はいまのテレビ・コマーシャルのように美しく健康的で、中年男の顔はむかし歌人が呟いたように何かを考えながらしぶく一合の二合の酒を呑む。炎天下の子供たちは喚声をあげ、百日紅《さるすべり》はあかく咲きみだれ、水はかれ水はうるおい、海辺の恋とせつない別れがある。生まれる赤ん坊がいて、大人になる少年がいて、四十六になるぼくがいて、死ぬ老人がいる。

二〇〇一年の夏。

新世紀という地球規模の言葉は軽率に使えても、世界の情勢に関してぼくはまったくの無知で、わが国の政治にも経済にも疎く、それらがどのような変遷を見せるのかあるいは見せないのか、予測するための想像力は働かない。ただ旧世紀と同じ暑さがあって同じ人間が汗を拭く。これは予測ではなく確実なことだから、たぶんぼくも同じことをしているはずである。世の中のしくみが少し変わり、生活や言葉づかいや仕事の内容が少し変化したのなら、その変化した分をいまと同じように書きつけるしかない。自信があるのではなくて、ちょっと気障だけどそんな気がする。

二〇〇一年の夏。世の中のしくみがどんなふうに少し変わったのか、そしてぼくはどんな中年になってその変化を受けとめているか、興味のあるあなたは十七年後まで生きて、この新聞の同じ欄を開いてご覧になるといい。

（『サンケイ新聞』五月十四日）

むかし自転車いま競輪

むかしはどこへ行くにも自転車に乗った。たとえばソフトボールの練習にもグローブをハンドルにぶらさげて通ったし、友だちと椋《むく》の実やどんぐりを取りに出かけるときも、プールにもそろばんの塾にもローラースケートをしに行くときも、それからもう少し大きくなって軟式野球の早朝練習にも、ガールフレンドとの待ち合せにも、蒸し暑い夏の夜の一人きりの散歩にも自転車が必要だった。その自転車を捨ててからもう十五年近くたつ。捨てた理由は思い出さない。わざわざぼくが思い出さなくても、そういえばおれも自転車に乗らなくなってからそれくらいたつと気づく方は大勢いるはずである。理由はいい。たいていの少年はいつか自転車を捨てる。

いまはどこへ行くにも歩く。何年か前どこへ行くにも自動車という時期がちょっとだけあり、そのあとどこへ行くにもバイクにしたいと思った時期がこれもちょっとだけあったけれど、どちらの熱もさめてしまったいまはもっぱら歩く。パチンコにも映画にも本屋にも薬局にも行きつけの喫茶店にもバーにも二回すっぽかされたバーの女の子との待ち合せにもむろん一人きりの散歩のときも、歩く。歩くのは健康のためにとてもいい。それだけ歩いてあと煙草と酒と夜遊びさえやめれば、胃の具合も良くなって長生きするだろうと今年七十七になる祖母がいう。薬局へはぼくはしばしば胃腸薬を買いに歩くのである。祖母に倣って、歩くのに往生するような遠いところへはなるべく行かないことにしている。個人差もあるだろうが、ぼくと祖母の経験からわり出すと三十分が限度である。それ以上歩くと遠足になる。で、ぼくの家から歩いて約三十分、ぎりぎり遠足にならないところに佐世保競輪場があって、そこへ少年が十五年前に捨てた乗物に跨って走る男たちを見に行く。

初めて競輪場まで歩いたのは一九八〇年の正月だったから、今年でまる四年を過ぎた。四年といっても開催日は月に六日だけで、佐世保からいちばん近い武雄競輪(へたまに出向くときはもちろん歩いてると日が暮れるので仕方なくバスを使う)の開催を合せても月に十二日、その全部に通えるほどぼくは暇ではないし、それにだいいちその全部に賭ける金を回せるほどぼくの予想は当らない。平均すれば月に三日がいいとこだろう。つまりぼくはまったくの初心者といっていい。初心者にあれこれ語る資格はないのかもしれないけれど、しかし逆に言えば初心者だからこそ競輪を知らない人たちとほとんど同じレベルで話すこともできる。競輪を十年も二十年も続けている人物の話は勉強にはなるがその分むずかしい。どことなく年配の娼婦との一戦に似ている、とこれはぼくの意見ではなく両方を経験した友人の感想である。話が逸れないうちに先へ急ぐ。同じレベルでの対戦を好む方はぼくの後に付いて肩越しにちょっと競輪場を覗いてみればいい。

一九八〇年一月二十一日月曜、佐世保競輪場。朝から小雪のちらつくその日、親戚に不幸があったとかで車券を買いに行けぬ友人に頼まれて、ぼくは生れて初めて競輪場の門をくぐった。その瞬間ぼくは競輪のとりこになった、というわけではもちろんない。別に初めっからどうということはないのである。頼まれたのは優勝レース、2ワクの中野浩一から2―1、2―3の二点買いで、ぼくは以前すこし競馬をかじったことがあったのでいわゆる三点買いを単純に競輪に応用し、1―2、1―3という車券を買ってレースを見守ったのだが、何がなんだかさっぱり判らなかった。判らないままどうやら中野浩一が三着に落ちて、1―3で九千円近い払い戻しがあり、儲ったのは嬉しいけれどそれで競輪が面白いということにはならない。少しずつ面白くなってきたのはそれから一、二年たってからである。一、二年の間はただ、初めてのときに当てた大穴をもういちど当てるためにだけ競輪場へ通った。そして大穴はそうしょっちゅう出るわけではないから、ぼくの買う車券は当然はずれっぱなしということになる。三点買いの効能は一回きりで、どうやら競馬と違って競輪では強い者どうしでゴールラインを通過するとは限らないということに気がつく。選手の間に連係プレーが存在する。強い者が弱い者を助け、あるいは弱い者が強い者の犠牲になる。弱い者と弱い者が助け合って強い者より先にゴールインすることもあり得る。競走馬の頭の中にはただ前へ前へと走ること以外ないかもしれぬが、自転車をこぐのは人間である。何を考えるかわからない。一人の人間の考え方さえつかめずにぼくたちはふだん右往左往しているというのに、一歩競輪場へ入ると、九人の選手が一レース約三分の間に何を考えどんな計算をし誰と連係するかそれともしないかの判断を要求される。しかし要求されていることがぼんやりとでも判ってくるにつれて、競輪場通いに面白味がでてくる。競輪の開催日になると、前夜刷りの出走表と向い合って、競輪雑誌から得た情報や自分のわずかな記憶を色鉛筆で書き込み、あくる日のレース展開を頭に思い描く。特にその三日め月曜日の朝になると、目覚しが鳴る前に起き出してスポーツ新聞を買いにいく習慣がつく。必要な金の算段もその日になれば不思議とつくということを経験する。競輪の初心者にはかならずそういう時期があって、ぼくの場合は一年ほどつづき、定期的に給料を貰える身ではないのであるいは友人をおがみたおし、あるいは妹の貯金箱を割り、あるいは祖母を優しくいたわったりしながら競輪場へ歩いた。おかげでいまでも月曜になると(競輪のない日でも)朝から目がさえてそわそわすることがよくある。

と、ここまで書いて気づいたが、初心者の話はぜんぜん勉強にならないし、それにたいして面白くもない。どことなく不感症の娼婦との……比喩はどうでもいいけれど、でも考えてみればこれはあたり前のことである。その競技の面白さをその競技を知らない人に伝えるのは、初心者でなくても骨が折れる。やっぱり一度近くの競輪場まで歩いてもらうしか手がない。それから一、二年たった後でもういちどこの文章を読んでもらうことにする。目覚しを巻く必要のない日曜の夜にでも。

(『Number』六月)

追記

まず、これは(デビューして間もないころ)競輪について初めて書いた文章である。担当した編集者が「うまいですねえ、書き慣れてますねえ」とほめてくれたのでその気になって、これは続けて依頼が来るかなと思ったら、その後その雑誌からはナシのつぶてだった。以来、どんなにうまく持ち上げられても編集者のお世辞は鵜呑《うの》みにしない。

次に、これを書いたあと、急に恋しくなって自転車を買い求め、しばらく乗りまわすことになった。近所を走るたびに、野球帽の小学生連中が、まるで道端でいかした女とすれ違った愚連隊みたいな感嘆の口笛を吹くという(近ごろの小学生はませている)、イタリア製のスポーツタイプだったが、一年もしないうちに、お金に困ることがあって十万円で知人に売り渡してしまった。現在はまた、もっぱら歩いている。

(『犬』)

先生

先生、お元気ですか。

ぼくはあんまり元気がありません。窓の外の梅雨空のようにぼくの心も曇っています。心に屈託のあるとき人は空を見上げてはいけない。そんな文句が、さっきぼんやり窓の外をながめていて浮かびました。空は人の心を映して色を変えるから。あいかわらずでしょう？　元気はない代わり、ぼくはあいかわらずキザです。先生もあいかわらずでいらっしゃればよいと思います。あいかわらず気まぐれで、あいかわらず生徒をえこひいきして、あいかわらず流行おくれの冗談をとばし、あいかわらずときどき暴力をふるい、あいかわらず自信たっぷりに、退屈なみのりのない授業をつづけておられるのならよいと思っています。そういう先生がぼくは嫌いでしたが。

いまでも嫌いです。率直に言わせていただきます。ぼくは先生を好きになったことは一度もない。しかしそれは先生じしんに罪があるのではなく、先生という職業が悪いのです。生徒に好かれる先生——というのは一種の矛盾概念、あるいは夢の表現とでもいいましょうか、とにかく現実の世界には存在しない。少なくともぼくのこれまでの人生経験においては存在しなかった。噂も聞かない。だから、言い換えれば先生という職業を選んだのがあなたのまちがいである。もしあなたが先生でなければ、ぼくはあなたのことを今ほど嫌いにはならなかったでしょう。なぜなら、気まぐれな先生は困るけれど人は誰だって気まぐれだからです。えこひいきする先生は困りものでも誰だって人の好き嫌いはあるからです。誰だって面白くない冗談をつい口にしてしまうことはあるし、誰だっていけないとは思いながらときどき暴力をふるいたくなることはあるからです。つまり、もしあなたが先生でなければ、あなたはぼくやぼくの友人たちと少しもかわらない。ぼくとあなたは学校ではないどこかで先生と生徒としてではなく出会って友人になれたかもしれない。そう考えるとちょっぴり残念な気がします。

もっとも、ぼくは先生を嫌いでしたが、先生も当時ぼくを嫌っておられた。先生はキザな少年をほとんど憎んでおられた。ぼくは先生の、肉の厚い、大きな、力のこもった掌をなんど頰にうけたかしれません。あの数えきれぬ平手打ちは、いま先生がなんと弁解されようと、決して教育にふさわしい行為と呼べるものではなく、憎悪からくる暴力に違いなかった。ぼくが大人たちから憎まれやすい、これっぽっちも可愛げのない少年であったことは認めます。しかし、だからといって暴力を認めることはできません。先生が生徒にすなわち大人が子供にふるう暴力は、結局弱い者いじめでしかない。弱い者を力でおさえこむという行為が、教育上、適切であるかどうかは改めて考えなくともわかることです。ぼくと同じようにむかし先生の暴力をうけた友人のなかには、それが今となってはいい思い出だといって先生を懐かしむ声があります。二、三あります。が、大多数はきっとそうではないだろうし、ぼくは絶対にそんなことは思わない。それは少しだけ懐かしい気持ちもないとはいえません。どんなに苦い過去でも、自分がそこにいた場所や向かい合った人間を思い出すときには、多少ほろ苦くなるものです。けれど甘くはならない。ぼくはいまでも先生を許してはいません。先生の暴力を忘れることは、大人の力で弱い者いじめされた過去を懐かしい思い出にすりかえることはどうしてもできません。ぼくがもういちど先生とお会いすることがあったとして、たとえ笑顔で挨拶できたとしても、決してうちとけて昔を語り合うことはあり得ないでしょう。

ただでさえ元気が足りないのに、こんなことを書いているといっそう気持ちがふさぎこんでしまいます。先生は御存じないと思いますが、ぼくはいま駆け出しの小説書きとして毎日を送っています。要するに根っからのキザを商売に役立てようというわけで、新作の長編に取りくんで四苦八苦している最中なのです。それから、はかばかしくない恋もしております。近ごろその二つのことでぼくの悩みはつきない。こんなとき誰か相談できる相手がいたらと思います。知識も経験も豊かな、人徳も風格もあり、心から尊敬でき信じられて、何もかも迷いなく彼の忠告や指導を受け入れることのできる、つまり本当に先生と呼べる人物がいたらと思います。でもそれは夢でしかありませんね。さびしいけれど世の中にはそんな人物はいない。ぼくはずっと以前からあきらめています。ずっと以前というのはもちろん、先生に出会い、先生のいわゆる教育を受けていた頃からです。ひょっとするとぼくは先生のおかげで、この世にはぼくが願うような完璧な先生などいやしないということをうすうす感じ、そして感じながら、誰にも頼らずに最後は自分一人で決定し行動し責任を取らねばならぬというたいていの大人が採用している人生のルールを学んだのかもしれません。確かに、ぼくはどんなに評判の人物でも、どんなに親しい人間でも、彼の喋ることを一つの意見としては記憶しても心からは信じない、疑いぶかい少年として青年としてここまでやってきた。そのせいでぼくの性格は暗く大勢の人には好まれぬものになったけれど、そのおかげでぼくは誰の忠告も聞かず援助も受けずに一人きりで長編小説を書きあげることができた。だとすれば、先生、ぼくはあなたに感謝してよいのかもしれない。小説を書きそれを一冊の本にするのがぼくの長年の夢だったのだから。

ただ、今日みたいな日は別です。今日みたいに屈託のある日には、やはり相談相手が誰もいないのはさびしい。さびしすぎます。窓の外では雨が降り出しました。こんなときどうなさいますか、先生。先生には誰か悩みを打ち明ける相手がおありですか。あなたの教え子はひとりで外の雨を眺めるより手だてを知りません。

（『長崎新聞』七月二十三日）

追記

これは地元紙の文化欄に掲載されたのだが、先方が用意したメインタイトルは〝体験的教育論〟という立派なものだった。高校時代のある同級生の母親が、内容よりもそのタイトルを主に印象に刻んで息子に電話で報告したらしく、一時期、佐藤がとちくるうた（頭がおかしくなったという意味）との評判が東京方面に住む友人たちの間に立った。

（『犬』）

独り遊び

昭和五十七年の晩秋から五十八年の初春にかけて、ぼくの両足はナショナル電気足温器とともにありぼくの両手は任天堂トランプとともにあった。と書くと何のことかわからないけれど、要するに、ぼくはひと冬を部屋に閉じこもって、文学賞に応募する小説の推敲に精を出していたのである。

電気足温器とは、その名の通り電気仕掛けで主に足の裏をそれと腰のあたりまでを保温する暖房器具(ちょうど蓑虫《みのむし》が半身を乗り出した恰好で腰から下をすっぽり袋につつまれる)。ナショナルが独自に開発した製品であるかどうか、ぼくはよく知らない。自分で買ったのではなく妹が高校時代に愛用していたのを譲ってもらったので値段も判らない。ストーブを焚きすぎると頭が痛くなり、コタツに入ると眠くなり、だがセントラル・ヒーティングの設備は家になく、だがどうしても仕事を……仕事でなくてもいいけど何かを起きてしなければならないという方には最適です。

そしてトランプとは、言うまでもなく(なんて大げさですが)、スペード、ダイヤ、ハート、クラブの四種類それぞれ十三枚計五十二枚のカード。その冬、毎月ぼくは机に向い万年筆を握るまえに、指先のウォーミング・アップ代りにトランプで独り遊びを楽しんだ。独り遊びにもいろいろある。ぼくがいちばん多く挑戦したのは〝テン〟と呼ばれるゲームである。ルールはしごく簡単で、五十二枚のカードのうち最初に十三枚を表向きに並べて置く(並べ方に決りがあるのだがゲームの進行に関係ないので省略)。そのなかから足して10(つまり〝テン〟)になる二枚のカードを取り除く。それからもし同じ種類の10、ジャック、クイーン、キングが四枚揃って出ていればこれも取り除く。取り除いた分だけ残りのカードから補充してやる。あとはそのくり返し、くり返し、くり返し……で、五十二枚すべてのカードを取り除くことができれば独り遊びは完成である。ひと冬の経験でいうと、だいたい五回に一回は完成する。そしてだいたい五回も集中してこの単純なゲームをおこなうと、頭の中の雑念はほとんど消えてなくなり指先はほどよく暖まり、原稿用紙のマス目は着実に埋っていったのである。

けれど単純なゲームには飽きがくる。単純なゲームほど長く生き残る、という意見もあるがまあいい、この意見が長く生き残るとは限らない。ぼくは飽きて、独り遊びの解説書を何冊か買い込み、ありとあらゆる独り遊びに挑戦することになった。ありとあらゆる独り遊びに飽きることになる。ありとあらゆる独り遊びは単純なのである。なかには、解説を何べん読み返しても呑みこめない複雑そうなゲームもあるにはあったが、しかしそれはゲームじたいではなくおそらく解説の文章が複雑すぎるのである。ピラミッド、カーペット、エース・アップ、アコーディオン、ウィンドミル、ギャップ、サーティーン・ダウン、ブリストル、キング・アルバート、スコーピオン、男と女、あの人の胸のうち、ソロモンの指輪、女王の謁見、王様の結婚。これらはすべて独り遊びにつけられた名前である。ぼくはやがてこれらすべての独り遊びに飽きてしまった。同じころ、冬も終った。ぼくは長編小説を書きあげ、足温器をしまい、トランプからも遠去かることになった。

一年後

一通の手紙が届いた。

差出人は福岡県に住む二十代前半の女性である。あなたの長編小説を読ませていただいた、という書き出しで手紙は始まっていた。それまでにも読者からの手紙は何通かもらったことがある。だいたい同じ書き出しの、その何通かの手紙に共通しているのは、

a、差出人が女性であること
b、ぼくの作品に対して好意的であること
c、巻頭に載っているぼくの顔写真に対して批判的であること

の三点である。

ところが、問題の手紙を最後まで読んでみるとずいぶん違う。他の何通かとの共通点はaだけで、cについては何も触れていないし、bに関してはまったく正反対の意見であった。……彼女はどんな意見を持っていたのか。自分の作品についての悪口をくわしく説明するのは気がすすまないので、かいつまんでいうと、要は主人公の性格が気に入らないらしいのである。第一に優柔不断で、第二に中途半端で、第三に軽薄で、第四にめめしくて、第五に自己中心的で、第六に冷たくて……と彼女の指摘はこの後にもう二つ三つ続いたのだが、面倒くさいので思い出すのはやめる(第七に無精で、だったかもしれない)。

しかし、別にこんな箇条書きの指摘をされたからといって、ぼくは痛くも痒くもない。間をとばさずにちゃんと全部読んでくれたんだな、と思うくらいである。たしかにぼくが書いた主人公は、第一に決断力があり、第二に首尾一貫していて、第三に慎重で、第四に男らしく、第五に思いやりがあって、第六にあたたかい性格の持主だ、

とは言いきれない。言いきれる人物ならわざわざ小説に登場させるまでもない。小学校の図書室で偉人伝でも読むか、選挙演説でも聞けばいい。ぼくが知ってる小説の登場人物たちはみんな、聖より俗、強さより弱さ、美しさより醜さ、優しさより冷酷さ、つまり人間の性格をプラスとマイナスの面に分けるとすれば断然後者を発揮しながら暮している。ぼくは昔からそういう小説を読んできた。ぼくはそういう小説の真似をして自分じしんの主人公をつくりあげた。だから彼女の指摘は当然のこととして、ぼくにとっては意味がない。

意味があるのは、じつはそこから彼女が引き出した、ぼくじしん(作品の主人公ではなく作者)への批難なのだ。彼女はこんなことを書いている。

「……あなたはたぶん心から女性を愛したことなどないのでしょうね。女の人と遊びでつき合った経験はあっても、真の恋愛を知らない人だと私には思えます。物事を簡単に諦めて、肩の力を抜いて気楽に世をわたるのがあなたの生き方なのでしょうが、私はそんな生き方は、なんてつまらない……と思います。私はたとえ苦しみがあっても諦めないで、もっと夢のある人生を送りたいのです」

こういう文面に接したとき、何十年も読者の手紙を読みなれている文豪とか巨匠とか呼ばれる作家なら、心のなかでひとこと、

「また作品と現実を混同してる」

と呟いてくず籠にほうり投げ、おもむろに次の手紙の封を切るところだろうが、ぼくの場合は、なにしろ手紙はその日その一通しか届かないので、そういう泰然とした態度はとれないのである。相手が五つも六つも年下の女だということもカンにさわる。ぼくは二へん読み返して、心のなかでひとこと、

「じょうとうじゃねえか」

と呟いた。

真の恋愛？　夢のある人生？　書いてやろうじゃないか。中途半端じゃなくて心から女性を愛する主人公を、物事を簡単に諦めない男の生き方を書いてみせようじゃないか。見てろ。読んで驚くな。そのときになって、私はもっと軽い感じの男の人が好きです、なんて言いやがったら承知しねえぞ(新人の小説家だって、虫のいどころが悪くてたまに怒ったときなんかには、作品と現実を混同することがある)。

というわけでぼくは新作に取りかかることにした。メモ用紙に〝恋愛小説〟と大きく書き、真の恋愛、夢のある人生、と小さく書き添えた。それから脇に、物事を簡単に諦めない男の話。しかしぼくはいつまでもメモ用紙をながめるだけで、原稿用紙に移ることができない。真の恋愛とは何か、夢のある人生とは何か、本気で深く重く考

えたとは言わないけれど、頭の隅にひっかかって離れない。だいたい真の恋愛とか夢のある人生とかいう通俗的な文句から、純文学小説の構成がイメージとして浮かぶわけがないのである（ご存知ないかもしれぬがぼくは純文学の方の新人である）。ぼくは「物事を簡単に諦めない男の話」と口のなかでぶつぶつ呟きながら、来る日も来る日も小説を書き悩んで夜の街をほっつき歩いた。夜の街をほっつき歩くと金は失くなるがヒントに当る。昔から一流も二流も小説家はたいがいぼくと同じ方法で借金と作品を増やしている。

ある夜、暇な店のカウンターで思わせぶりに吐息をつき頬杖をついて悩んでいたら、おめあての女の子ではなくてママの方が誘いをかけてきた。お金を賭けてトランプをやろうというのである。お金を賭けてというのが気に入ったので、いいよ、と気軽にこたえて〝切り札〟というゲームを二人で五、六回やり、三千円ほど負けた。小説のことなんか忘れて七回目を始めるために黙々とカードをシャッフルしていたら、横から女の子が、じょうずねえ、とぼくのカードさばきに眼をかがやかせる。調子にのって何度もシャッフルをくり返し、一年前のウォーミング・アップのことを話したら、独り遊びってどんなの？と女の子が訊いてきた。ぼくは説明し、独り遊びは同時に恋占いにも利用できるんだなんて軽口をたたいて、ママをそっちのけで、なんなら一つやってみようか？　うん、君とぼくとの将来を占ってみようか？　いいわよ、信じる？　信じる信じる、よしじゃあ……と最初に思い出して占ってみせたのが、王様の結婚というその場の雰囲気にぴったりの独り遊びであった。そのとき、何気なくカードを並べていきながらふと、カウンターの上の一枚一枚に向けられた女の子の真剣な眼ざしに気づいて、ぼくの頭の中でなにかが閃いた。

と言えばあるいは言いすぎになるかもしれないけれど、しかしあくる朝、ぼくは机に向い、コーヒーを飲み煙草をふかしながら白いままの原稿用紙を視つめているうちにこれもふっと、万年筆のキャップをはずして、『王様の結婚』と書いてみる気になったのは事実である。書いてからぼくはもう一口コーヒーをすすり、もう一本煙草を喫った。物事を簡単に諦めない男、ともう何十ぺんも何百ぺんも口にした文句を最後に呟いた。カードに向けられた女の子の眼ざしを思い出しながら。そして、……ぼくの眼には独り遊びにつけられた名前が、いつのまにか小説のタイトルに見えてくる。そして、……。

その先は書かない。その先は出来あがった小説を読んでいただく方がいい。福岡県に住む二十代前半の女性にもむろん読んでいただく。

あなたのことです。

あなたのおかげで『王様の結婚』は完成したといってもいいでしょう。本は送ります。読んでまた意見を聞かせて下さい。中途半端でも軽薄でもなく、物事を簡単に諦めない男の話を書くためにぼくはぼくなりの努力をしたつもりです。彼の性格があなたの気に入ればいいし、作者としてのぼくの性格を見直してくれればもっといいと思います。ただ、彼の恋愛が真の恋愛かどうか、彼の人生が夢のある人生かどうか、そしてぼくじしんの恋愛は、人生はどうなのか、非常に心もとないけれど。

それから、暇な店のママと女の子にも今回の作品に関しては感謝します。

とくに女の子にひとこと。小説『王様の結婚』は君のおかげでなんとか完成にこぎつけたけど、独り遊び(恋占い)『王様の結婚』が完成できなかったことは今でも残念でなりません。君の、「信じる」という言葉や真剣な眼ざしを思い出すにつけて、もしあのときぼくがシャッフルを一回多くしていたらあるいは少なくしていたら……と悔まれます。君も同じ気持だったらこんどのぼくの小説を読んでみて下さい。ぼくが完成させた『王様の結婚』は、何度もいうように物事を諦めない男の、そして女の話だから。シャッフルをもういちどやり直して始める恋人たちの話なんだから。

……以上、この場をお借りして、一人の女性読者への挨拶と一人の女の子への口説き文句を兼ねたぼくの小説の宣伝をさせていただきました。　(『青春と読書』十二月)

追記

電気足温器を使って小説を書いたこと、それから〝テン〟という独り遊びを知っていることは事実だが、あとはすべて創作である。ぼくはもともと手先が無器用なので、カードを上手にシャッフルすることなどできないし、また福岡県に住む二十代前半の女性から手紙をもらったこともない。こんなことを書くのはルール違反のような気もするけれど、しかしこれによって、エッセイの依頼をうけた小説家がどんなふうに鹿爪らしく文章を組み立てるのか想像する手がかりにしていただきたいとも思います。

（『犬』）

一九八五年

子供たちへ

あけまして、おめでとう。みんな、元気(げんき)ですか。おじさんは、こたつに入(はい)って、お酒(さけ)を飲(の)んで、ちょっといい気分(きぶん)に酔(よ)っぱらっています。お酒を飲むと、おじさんは、いつも気前(きまえ)がよくなって、スナックの女(おんな)の子(こ)たちに、たくさんおごったりするんだけど、きょうは、一人(ひとり)きりなので、だれもおごるひとがいません。みんなにお年玉(としだま)をあげようかな。でも、それはむりなので、やっぱりあげません。かわりに、すこし、おはなしをします。

おじさんの仕事(しごと)は、小説家(しょうせつか)です。小説家という仕事は、何(なに)をするかといえば、お酒を飲んだり、女の子におごったり、競輪(けいりん)——みんなにはまだはやいので説明(せつめい)しません——に行(い)ったり、小説を書(か)いたりします。みんなは、あれ、おかしいなと思(おも)うかもしれないけど、小説を書くことだけが、小説家の仕事ではないのです。

小説を書くことだけが、小説家の仕事だ、という考(かんが)えも、もちろんありま す。でも、それは、たんじゅんな考えかたです。たんじゅん、ということばは、もの を知(し)らないという意味(いみ)です。おろか、ともいいます。みんなは、まだ子供 (こども)だから、知らないことが、いっぱいあってもかまいません。これから、すこ しずつ、知っていけばいいでしょう。でも、ものを知らない大人(おとな)はこまりも のです。みんなが、たんじゅんな大人になってはこまります。世(よ)のなかに、たん じゅんな人間(にんげん)がおおぜいいると、そうではない人間がめいわくします。

たんじゅんの反対(はんたい)は、ふくざつ、です。おろかの反対は、かしこい、で す。かしこくなるためには、いろんなことを知らなければなりません。本(ほん)で読 (よ)んだり、ひとの話(はなし)を聞(き)いたり、じぶんで見(み)にいったりして、知 らなければなりません。そうして、たくさん知っていくうちに、みんなは、たんじゅ んでなくなり、おろかでなくなり、子供ではなくなります。

ただ、ここで注意(ちゅうい)したいのは、ふくざつな人間になって、それでおしま いではないということです。かしこい大人になることが、みんなの最終目的(さいし ゅうもくてき)ではないという点(てん)です。

例(れい)をあげます。

人(ひと)が人に対(たい)して持(も)つ感情(かんじょう)には、好(す)きと嫌(きら)いがある。これはたんじゅんな考えかたです。なぜって、黒(くろ)と白(しろ)の間(あいだ)に灰(はい)いろがあるように、好きと嫌いの間にも、もっとびみょうな感情があるはずでしょう。好きのうちにも入らない、嫌いのうちにも入らない、感情がある。これがふくざつな、かしこい、考えかたです。

　ところで、おじさんに恋人(こいびと)がいます。これはたとえです。おじさんはいつも、恋人の気持(きも)ちを想像(そうぞう)します。彼女(かのじょ)はぼくをどう思ってるのかな。嫌いなのかな。ちがう。嫌いなら、デートに誘(さそ)っても断(ことわ)られるだろう。好きなのかな。ちがう。好きなら一回(いっかい)くらい手(て)を握(にぎ)らせてくれるだろう。たぶん、好きと嫌いがびみょうにまじった感情なんだな。そう考えて、おじさんはいつも、プロポーズを迷(まよ)います。だから、いつまでたっても、おじさんは恋人と結婚(けっこん)できません。こういった状態(じょうたい)を、ふくざつなかしこい人間の不幸(ふこう)といいます。もしおじさんが、たんじゅんな大人なら、人の感情を好きと嫌いの二(ふた)つに分(わ)けて、彼女はデートに来(き)てくれたのだから、ぼくを好きにちがいないと信(しん)じるでしょう。信じて結婚した方(ほう)が、幸福(こうふく)なわけです。

だから、本当(ほんとう)は、みんながたくさんのことを知ってふくざつになったら、そこでもういっかい、たんじゅんだったころに注意を向(む)けた方がいいかもしれません。小説家の仕事が、小説を書くことだけではないとわかったとしても、小説家の仕事が、小説を書くことだけだという考えかたもあるということを、忘(わす)れない方がいいでしょう。

みんなは、ふくざつの方へ行きすぎてもいけないし、たんじゅんの方へもどりすぎてもだめです。行ったり、もどったりの、〝かねあい〟が大切(たいせつ)です。〝かねあい〟、というのは説明するのがとてもむずかしいし、実行(じっこう)することもとてもむずかしいことばです。つまり、その〝かねあい〟がうまくいかないから、おじさんは、正月(しょうがつ)だというのに、ひとりぽっちでお酒を飲んでいるのです。おしまい。

(『長崎新聞』一月)

忘れがたき

忘れがたき、という表現がどうしても気にかかる。人生でやることはすべてやってしまった老人が、縁側の日だまりで茶をすすりながら遠い遠い過去を振り返り、思い出の甘さに眼を細め茶の苦さに口をすぼめる……なんとなくそんなイメージをぼくは思い浮かべる。

ぼくに振り返る遠い遠い過去はないし、ぼくは表現にこだわる人間である。ぼくは縁側で苦い茶などすすらず、机に向かってコーヒーを飲みながら表現についてあれこれ悩む、つまりまだ若い小説家である。

＊

どんなに若い人間にも思い出の一つや二つあるかもしれない。けれどぼくは若いだけでなく小説家でもあるから、それをただありのままに思い出して報告することはできない。ぼくはそれをいちど忘れ去り、やがていつの日か、それを思い出さずに物語らなければならない。「自分のことについては何も知らずにいて、たやすく忘れてしまうほうがよい」そう言ったのはグレアム・グリーンである。「忘れたもののことは夜にまかせておくべきである。いつかそれらが小説のなかに姿をあらわすとしたら、それはわれわれが知っていてそうするのではなく、あまりに姿を変えているためにわれわれはそれをふたたび見てもそれと気がつかないのである」――『ある種の人生』(田中西二郎訳)

小説家と呼ばれるように(あるいは自ら呼ぶように)なってから、あんまり本を読まなくなった。もともとあんまり読む方ではなかったけれど、最近は書くことに追われるばかりで、めっきり読まなくなった。それでもグレアム・グリーンの小説はたまにページをめくることがある。『ある種の人生』(自伝I)もときどき読み返す。そのなかでぼくがいちばん好んで読み返すのは、グリーンが風邪で寝こんでいるところへ、出版社の社長から電話がかかってきたと妻が知らせる一節である。あわてて出てみると、「あなたの小説を拝見しました」と社長は言う。「出版させていただきたいと思います。十一時にこちらへ来ていただけましょうか」その瞬間に風邪はどこかへ行ってしまっていた、とグリーンは書いている。「小説家の生涯で、あの瞬間に匹敵するものはその後には何もない――最初の本の出版が承諾される瞬間」

＊

しかし残念ながら現代の日本は、一九二〇年代のイギリスとは事情が違って、出版社に無名の新人が長編小説の原稿を送りつけ、それを読んだ社長から電話がかかることはまずありえない。ぼくは、出版社の社長あてではなく、新人賞募集係あてに原稿を送らなければならなかった。電話は担当の編集者からである。夏だった、ぼくはすこし心に屈託があって、昼間からビールを飲んで酔っていた。電話が鳴り、東京からだと祖母が取りついだ、首をひねりながら出てみると、「応募原稿を拝見しました」と編集者が言う。「新人賞の最終選考に残りました。来週中に上京していただけますか」

その瞬間、ぼくの屈託も酔いもどこかへ行ってしまっていた。ぼくがいちばんうれしかったのはこのときである。新人賞に当選した知らせでも、最初の本の出版でもなく、この電話である。地方に住み、小説書きの仲間も、相談する相手も、一人も持たず、二年間かけてこつこつと七百枚の原稿を書きためた青年にとっては、自分の作品を東京の編集者に読んでもらえたことが、しかもある程度のレベルにあると認められたことが、何よりもうれしかった。ほとんどそれだけでいいと思うくらいうれしかった。それだけで、ぼくはこの先もこつこつと小説書きを続けていくことができるだろう。

＊

しかし結局、それだけでは終わらなかった。幸運はぼくの側にあった。応募原稿は当選し、本になり、ぼくは小説家として出発した。去年の暮れには二冊めも出版され、いまも新しい長編小説の仕上げに追われる日々を送っている。机に向かってペンを走らせているときは夢中だが、時折ペンを置き、たばこをくゆらしながら、ふと、幸運ははたしてぼくの側にあったのかなと考える。

あのときは確かにあると思ったけれど、はたしていまもそうだと言い切れるか。そんなとき、また、ぼくはグレアム・グリーンのページを繰り、こんな一節を発見する。年老いた小説家が新人小説家に向かって呟く台詞。「きみは、〝成績の上がらぬ長い敗北〟の苦しい歳月に対する用意があるのか？　年月がたつにつれて書くことは決して楽にはならず、日ごとの辛労はいよいよ堪えがたくなり――」。途中でぼくは本を閉じて、架空の台詞を呟き返す。（それでもあなたは書きつづけたのでしょう？）そしていちばんうれしかったあの夏の電話を思い出し、ペンを握りなおす。

（『朝日新聞』二月十六日）

追記

忘れがたきというタイトルで、すばる文学賞を受賞したときのことを書いて下さいという依頼だった。二つ返事で引き受けておきながら、受賞のことはさんざん書いたり（五種類書いた受賞のことばおよび『青春と読書』のエッセイ等）、喋ったりしているので（新人賞に決るとひと通り各新聞社から取材にくる）、気が乗らず、締切りの日の夕方になって「どうしても書けません、ごめんなさい」と電話で謝ったら、「冗談じゃない、あと一時間で書いてもらわなければ、明日の朝刊に空白ができます」とうまいこと威されてしゅんとなった。比喩ではなくはち巻きをして、時間制限に挑んだのはこのエッセイ一本きりである。（『犬』）

三つの文章

昭和四十九年の春から五十四年の秋までを、ぼくは札幌北二十四条近辺で暮した。

昭和四十九年はぼくにとって記念すべき年である。この年ぼくは生れてはじめて、公の胴元相手にギャンブルをする楽しみを知った。北二十四条の下宿からおよそ三十分ほど西へ歩くと、札幌競馬場があった。いまも(下宿は知らないけれど競馬場は)ある、はずである。昭和四十九年にはまだ、薄野に場外馬券売場はなかったから、ダービーの日にはそこまで歩いた。何という名の馬が勝ったか、いまは思い出せない。何という名の馬が勝たなかったかだけを思い出せる。キタノカチドキ。つまり、キタノカチドキという名の馬のおかげで、胴元は素人学生から単勝連勝あわせて三千円ほどを取りあげることができたわけである。つまり、ビギナーズ・ラックという都合のいい言葉はぼくにはあたらなかったわけである。

あくる年はカブラヤオーの年である。その翌年はトウショウボーイが皐月賞を勝ち、クライムカイザーがダービーを勝ち、グリーングラスが菊花賞を勝って、テンポイントが何も勝たなかった年である。当時、ぼくは大学の三年目の二年生で、ウィークデイは部屋にこもって本を読み、テレビを見、麻雀を打ち、土曜日に前夜版の予想紙を買って期待に胸をふくらませ、日曜日に札幌競馬場まで歩くという日々を送っていた。それから、もちろん毎月『優駿』を買って読んでいたのだが、そのころはたしかまだ、いまみたいに本棚に立てかけても倒れないような(背文字がはっきり読める)型ではなく、背中をまるくとじてある薄い雑誌だった。一冊でもとっておけば、ちなみにどんな記事や写真が載っているか書き出してみたいところだが、札幌から佐世保(現住所)への引っ越しにとりまぎれて失くしてしまった。いま手もとにあるのは、昭和五十一年十一月十三日土曜日発行の競馬専門紙だけである。メインレースの出走表を見ると、二頭の単枠指定馬がいて、五枠に無印の優勝馬がいて、その隣の枠にテンポイントがいる。

むかしの『優駿』の記事や写真は、はっきり憶えていないけれど、いまと同じようにむかしも「ゆうしゅんオールカマー」という読者コーナーが設けられていたことは憶えている。昭和五十二年、オークスでダイワテスコという馬が惨敗した日の夜に、ひどく感傷的な文章を書き、翌朝すぐに投稿し、何カ月待っても載せてもらえなかったことも憶えている。たいてい感傷的な文章は夜中に書かれ、翌朝読みなおさずに投函され、そして相手に読み捨てられる運命になることを、ぼくはまだよくわきまえていなかった。

　大学時代、ぼくが夜中に書いて、翌朝投函した相手にされなかった文章は三つある。『優駿』の投稿と、下級生の女の子に出したラブレターと、文芸誌の新人賞に応募した小説とである。このうち『優駿』の投書はオークスの季節だから、札幌はアカシアの初夏で、あとの二つは冬だった。札幌の冬はむろん雪である。雪の夜にぼくは返事をもらえぬラブレターをせっせと書き、雪の夜にぼくは新人賞の候補にもあがらぬ小説をこつこつ書いたのである。雪の朝は眠っている。雪の昼間は何をするかといえば、当り馬券を換金しに、札幌競馬場まで歩く。第二十二回有馬記念。一着テンポイント、二着トウショウボーイ、三着グリーングラス。その前々週のクモハタ記念ともうひとつ前の週の天皇賞で儲けた金をぜんぶつぎこんで、ぼくはこのレースで十二万円を手にした。その金を何に使うか迷ったあげく、温泉へ旅行することに決めたのだから、普通の大学生がやることではない。いま考えれば、ぼくが普通に大学を卒業せずに、中退して佐世保へ帰ることになった原因はすでにこの辺にあった。

　ところで、佐世保に競馬場はない。佐世保は競輪の街である。昭和五十四年の秋に帰郷し、五十五年の冬に競輪に足をつっこんで、現在にいたっている。ほんの少しかじりかけた競馬とはすっかり縁がきれた恰好だけれど、たまに、いま書いたようなことを懐かしく思い出すこともある。たとえば札幌の初雪のたよりなどを耳にすると、なんとなくせつなくなって、ひのめをみなかった小説のことや、手も握れなかった女の子のことや、運のなかった牝馬についての投稿のことをぼんやり考え、ほろにがい思い出はあまい思い出を呼んで、小雪の舞う札幌競馬場までの道のりを思い浮かべたりする。本当は、ぼくは札幌の夏競馬でも思い出すべきなのかもしれないが、もうそんな余裕はない。季節は冬、舞台は札幌、主題は競馬となれば行きつくところは決って感傷なのである。

（『優駿』二月）

恋人の忌日

その頃、麻雀を打っても打っても負けてばかりいた。女の子に恋しても恋しても振られてばかりで、短編小説を書いても書いても完成させることはできなかった。賭け事と恋と文学のおかげで大学へ行く暇も気力もなく、単位不足で留年が決定した。良いことは一つもなく、悪い思い出だけが幾つもよみがえる。二十一歳だった。八年まえ。

昭和五十二年を、もしいつの日かぼくが自伝を書くときがあるならば、忘れずに、最悪の年と記さなければならない。そして、これはいずれ書かれるにちがいないが、野呂邦暢の伝記の作者は、『諫早菖蒲日記』刊行と大きく明記するだろう。作家、三十九歳、最良の年。

二十一歳の何をやってもうまくいかない大学生は、札幌の書店で、同郷の作家の傑作と出会った。最悪の年の記録からたった一つだけ、光の射す一行を拾いあげるなら、この出会いを言わなければならない。光はほんのわずかな隙間から洩れていて、大学生は両手を添えて覗き込み、その瞬間に眼を貫かれた。出会いは恋に似ている。恋はいつもぼくにペンをとらせる。ぼくは古いタイプの、しかも形式にこだわらぬ青年である。諫早の作家は、札幌の大学生のレポート用紙に書かれた手紙を受けとることになった。

返信はきっちり七日後に届いた。ぼくがラブレターに返事を貰ったのはこれ一度きりである。思いやりのある恋人は、便箋の無礼をとがめず、恋にも触れず、ただぼくの文章を誉めてくれていた。この世に、恋人の励ましほどぼくたちを力づけるものが他にあるだろうか。ぼくがもし、書いても書いても完成しない小説を書きつづけていく決意を、小説家になる決意を固めた一日を思い出すとしたら、この日を置いてない。自伝に書き添えよう。昭和五十二年——最悪の年、そして始まりの年。大学生は二年後の秋、長編小説を書く志を抱いて佐世保へ戻り、作家はそのあくる年の初夏、急死した。

ぼくはついに恋人の顔を見ることはできなかった。

けれどずっと昔、もう二十年以上も前、二人はすれ違ったことがある。

諫早市立図書館。小学生のぼくはシャーロック・ホームズを読みあさるために通い、二十代の作家は処女作を書くために通っていた。確かに二人はすれ違っている。あの木造の埃っぽい建物のなかで、入り口で、何度も何度も、夢見る眼をした少年と青年はすれ違った。ぼくはそう思いたい。

　あのときの青年が十数年後、『諫早菖蒲日記』を書き、あのときの少年が大学生になってそれを読み、恋に落ちる。一度きりの手紙のやりとり。恋人はぼくの長編小説の完成を待ってくれなかった。それは諫早と札幌と佐世保を舞台にした、ぼくと野呂邦暢だけの物語である。一編の恋愛小説を、十八歳の年の開きがある二人の男が、偶然と時の流れによってつくりあげた。センチメンタルだと笑われるかもしれないが、かまわない。ぼくはセンチメンタルな人間である。恋人を失った人間は彼を思い出すときいつもセンチメンタルになる。

　昭和六十年。

　作家が世を去って五年。

　五度目の菖蒲忌。

　あれから八年が過ぎて、ぼくの身の周りにはいろんな変化があった。ぼくはもう麻雀は打たない。振られると判っている恋は、その縁で踏みとどまる知恵も身につけた。短編小説はめったに書かないけれど、しょっちゅう新作の長編を書き悩んでいる。いつの日か書かれるかもしれぬ自伝に、どんな記述がなされるのか、いまはまだ予想もつかない。ただ野呂邦暢の伝記が五年前すでに終わって、先を読めないことを寂しがるだけである。

（『長崎新聞』六月）

友情と原稿料

小説家になることが十代の頃からのぼくの希望でした。もう少し具体的にいうと、小説家として暮しを立てることがぼくの希望でした。つまり、どんな小説を書くか、どんな小説家になるかという考えの前に、ぼくの頭には、まず職業としての小説家がありました。

ただ小説を書きあげるだけでは、だから、ぼくの希望がかなったことにはなりません。書きあげた小説によって、生活するための十分なお金を得るところまで含まれるわけです。たとえば、市役所の職員が市民に横着な態度をとってその分だけ毎月給料を貰うように、たとえばデートクラブの女の子が客をじらしにじらしてその分だけ割り増し料金を貰うように、ぼくは小説をエッセイを書いて、書いた分だけ原稿料を貰わなければならない。役所勤めも、新手の娼婦も、小説家も、年金のあるなし免許のあるなし才能のあるなしにかかわらず、ぼくは一様に生活の手立て、すなわち職業としてとらえます。ぼくが欲しいのは文学的評価より先に、経済的自活です。ゆえにぼくの眼は、地方の同人誌よりも中央の商業誌に焦点を合せます。ぼくの耳は地元の新聞社からよりも東京の出版社からの電話のベルを多く聞きます。ぼくの指は地方文化発展(?)のためなどではなく生活のために万年筆を握ります。

のっけから世知辛いことを書いて恐縮です。でも、この程度の世知辛さをもっていなければ、ぼくは小説家を職業としてやっていけませんし、何の職業だろうと、あなただってたぶん同じでしょう。世の中にはまずお金というものがあり、遠く離れてその次に、愛や友情や信頼が裏切りと隣り合せにある。あなたもきっとそう考えている。

そして、そう考えながらも、なぜか裏腹な行動をとっては先月も今月も失敗を後悔をかさねているにちがいない。ぼくもそう。ぼくが連載エッセイの依頼を引き受けたのは、何よりもまず編集長との友情のためであって、やや離れてその次に、新人小説家にしては破格の原稿料のためである。ぼくは失敗し後悔するかもしれない。けれどあなたと同じようにこのての失敗は恐れないし、このての後悔は慣れている。ぼくが世知辛い小説家になっていちばん最初に出会った女友達との友情を、なるべくなら原稿料よりも大切に思いながら、来月もさ来月もずっとこの仕事に力を注ぎます。読者のあなたも、どうかよろしく、なるべくなら裏腹な行動をお続けください。

(『MESSAGE』一号)

追記

これと次の「煙草と女」は、四年前、長崎で創刊され、2号で廃刊になった雑誌に書いたものである。3号めの原稿を書いて送ったところで連絡がぷっつり跡絶え、どうしたのかなと思っているうちにたちまち一年が過ぎて、雑誌廃刊のニュースと編集長行方不明の噂が風の便りで伝わってきた。いったい何があったのだろうと訝しむうちにまたたちまち三年が過ぎて、彼女の行方とともに日の目をみなかった原稿の行方も気になる今日この頃である。

（『犬』）

煙草と女

煙草を喫いはじめてもう十年以上になる。やめられない。肉体的健康のためにはよくないのかもしれぬが、精神的健康を考えるとどうしてもやめられない。誰が何と言おうとやめない。いまのところ誰も何とも言わないけれどやめない。

煙草がないとぼくは文章が書けない。ぼくは小説家である。つまり煙草をやめると商売にならない。なぜ煙草なしでは文章が書けないかというと、高校時代、ハイライトを喫いながら受験勉強にうちこんだせいである。卒業するころには、机に向ってペンを握ると必ず煙草をくゆらせる習慣がついた。大学に入っていちばん困ったのは論文形式の試験だった。まさか教室で煙草を喫いながら試験を受けるわけにはいかないから、当然、不出来である。不出来の連続である。自己紹介代りに言っておくと(このエッセイ自体もそうなのだが)、ぼくは大学を五年半かかって中途退学している。

大学時代に読んだミステリーのなかに、「あたしは煙草がないと手紙が書けないのよ」という老婦人が脇役で登場する作品があった。題名も事件も探偵も解決も忘れてしまったけれど、そこだけ喜んだ記憶が残っている。酒を飲むときには煙草が欠かせないという女性をぼくは何人か知っているが、手紙を書くときに、という女性は現実にはまだおめにかからない。

どんなときでも煙草を喫わない女性、というのも何人か知っている。別にぼくはかまわないのだが、その種の女性はどうも苦手だという男がいて、彼の意見では、彼女たちは会うたびに、煙草を喫いすぎじゃないのやめた方がいいんじゃないのやめなさいよなどとしつこく注意するし、肝心なときに、煙草くさいとか指が黄いろくなってるとか興ざめの指摘をするのが難点だそうだ。彼はいまぼくの小説のいちばんの理解者で、女性経験の豊かな一つ年下の友人である。ぼくじしんは、その種の女性とはあんまり会う機会がないし、肝心なときをともに過した体験もないので、その辺のことはよくわからない。

ただ、たとえば喫茶店で女性と待ち合せたとする。ぼくは待ち合せにはいつも先に行っていらいらする主義だけど、事情があって遅れたとする。そのとき、テーブルの上の灰皿に口紅のついた喫殻が一本入っているのは、どちらかというとぼくは好きである。どれくらい待ったのか、どんなふうに待ったのか、想像の手がかりになる。煙草一本分だけ彼女を理解できた気分になる。それからたとえば、コーヒーを飲み終ってぼくが「出ようか」と言ったとする。女性が「もうすこしだけ」とこたえて煙草入れから一本抜きとって点ける。それもぼくは好きである。女はいつも男の言うなりではない。煙草一本分だけかきたてられる。大げさに言うと、そんな気分が味わえる。もっとも、男がぜんぶぼくと同じ考え方をするとは限らないので、年下の友人の場合は鼻で嘲って、「そんな甘いこと言ってるからいつも女になめられる」などと意見する。

（『MESSAGE』二号）

佐世保の片隅で

札幌の大学をやめて佐世保に戻ってからもう六年になる。その間にはいろんなことがあった。履歴書を何枚も書いては就職に失敗したし、親知らずの治療に歯医者へ三べん通ったし、実りのない恋も、新しい人との出会いも、古い人との別れもあって、小説も幾つか書いた。六年といえば七十二ケ月である。七十二ケ月といえば、二千日をこえる。二千日といえばこれは……電卓がないのですぐには計算できないが、とにかく厖大《ぼうだい》な量の時間である。ぼく個人だけでなく、佐世保の街全体にいろんな変化があったとしても不思議ではない。

しかし、いまこうして佐世保の街について何か書こうとすると、六年の月日では足りないような気もしてくる。ぼくは佐世保に住んでまだ六年である。高校時代の三年間を合せても十年に満たない。いわば新参者だ。ぼくが眼にした変化といえば、たとえばラブホテルと婦人服の店の数が増え、映画館カズバが1と2に分かれ、市営バスにアルファベットの表示が付き、そして今年、佐世保橋が新しく生れ変ったことくらいだ。反対に変らないものはいくらでもある。たとえば人口は目立って増えも減りもしない。不景気風は吹きつづけている。図書館はいつまでたっても貧相で、川の水はあいかわらず汚れ、競輪場の車券売場の女たちは要領が悪く、祭りはいつも盛り上がる前に終る。誰もが不満を持っている。誰もが我慢している。若い女たちは化粧の仕方だけを心得ている。若い男たちは車の磨き方だけを知っている。その他の若者たちは街を見限って出ていく。活気がなく、うるおいがない。根拠のない自信に満ちた中年と、投げた若者と、降りた老人であふれている。むろん、あなたはそのうちのどれでもないし、ぼくもちがう、と思いたい。

もしぼくの観察にまちがいがあると断言できる方がいらっしゃれば、反論する気持はない。ぼくみたいに子供の頃から幾つかの土地を転々としている人間とは違って、佐世保で生れ、佐世保で育ち、佐世保で暮しつづけている人にはそれなりの見方が、あるいは街の愛し方があるかもしれない。こちらは別に佐世保に対してそれほど愛着を持っているわけではないし、街がどう変ろうと変るまいと部屋にこもって小説を書くだけの話だ。

図書館が貧相な街に住む子供は可哀相だと思うけれど、ぼくはかまわない。本なら幾らだって東京から取り寄せる。

川が汚なくてボートもこげない街の恋人たちは気の毒だと思うけれど、ぼくには関係ない。幸せな恋は別の街ですませた。

車券売場の女たちの愛想のなさは腹立たしいが、じっと耐え忍ぼう。なにも女房にするわけじゃない。

祭りが盛り上がろうが白けようが、痛くも痒くもない。テレビでよその街の祭りを見物すればいい。

若い女性が化粧をしてきれいになるのはけっこうなことだ。そのぶん頭が空っぽなら、騙しやすくてむしろ都合がいいようなものだ。

若い男性が車を走らせるのは見ていて気持がいい。新しい佐世保橋をつっ走ればきっと似合うだろうし、死んだような街がすこしはにぎやかになる。

街を見限った若者たちはなるべくなら戻って来ない方がいい。みんなでたいせつにしている美しい佐世保弁が、東京や関西のなまりで乱れてしまう。

中年は胴間声をはりあげ仕事に精を出し、会社の経費で飲み、カラオケを歌うといい。若者はディスコとホテルと補導員の間で右往左往すればいいし、老人はゲートボール場と病院へ通えばいい。

そしてぼくは、そのうちのどれでもない、と思いたいぼくはため息をついて、佐世

保の片隅でひっそり小説を書く。あなたは何をしますか。（「ニュー海軍橋」十二月）

追記

これは（いま知らないがその頃）パチンコ屋の店員をしていた高校時代の同級生から、競輪場でたまたま会ったときに依頼をうけて書いた。なぜパチンコ屋の店員がエッセイを依頼するのか呑みこめぬまま原稿料につられて書いたら、刷りあがってきたのはタブロイド判の表裏一枚の新聞だった。誰が発行してどこへ配ったのか、いまだに事情はよくわからない。喫茶店で会って原稿を渡すとき、かつての同級生はこれを読んで一言、「きついなあ」と感想を呟いたあとでポケットから原稿料の入った封筒を取り出し、ぼくの方へすべらせた。雑誌の場合だと振り込みは早くても一ケ月後なので、このときは本当に文章を売って金を貰うという臨場感があり、なんとなくワクワクしたことを憶えている。それから四年たって現在の佐世保に対する気持は、この文章に見られるほど苛立っていない。新聞によると、図書館も近いうちに新しく建て直されるそうである。（『犬』）

一九七一年

西暦一九七一年。

昭和で勘定すると四十六年になる。

何か社会的に大きな事件が起ったせいでこの年を記憶しているわけではない。いま、当時の雑誌や新聞の見出しをさがしてみると、たとえば、

「全日空機と自衛隊機の空中衝突」

あるいは、

「大久保清連続女性殺人事件」

それから、

「円、変動相場制に移行」

などがすぐ眼にとびこんできて、なるほどあの事件はこの年だったかとうなずけるけれど、ぼくの記憶のなかでは、これらの見出しは一九七一という年号とは明確に結びつかない。そういえばあの頃だったと、ぼんやり思い出す程度のうなずき方である。はっきり憶えているのは、ぼくがこの年、高校に入学したということだ。ぼくは一九五五年、昭和三十年生れだから、この年の四月に高校一年生になっている。いま、当時の日記を繰ってみると、たとえば、

「初めて煙草を喫った」

あるいは、

「初めてウイスキーを口にした」

それから、

「初めてストリップを見た」

などの記述が眼について、なるほど煙草もウイスキーも(ストリップはその後一、二回でやめたし、ウイスキーは長い中断があったが)、あの年から始まったのだなといまさらながらの感慨にふける。つまり一九七一年というのはぼくにとって初体験の年であった。ちょっと大げさかもしれぬが、人生第二章第一頁目の年として、ぼくは一九七一年を記憶にとどめるのである。

＊

高校一年の担任は英語の教師だった。体格がよくて、赤ら顔で、汗かきで、太い声の中年男である。生徒たちのうけはそれほど悪くもなかったようだが、見るからにぼくの苦手なタイプである。英文法の授業中、SとかVとかいう文字を黒板に書いていて、力がこもりすぎる、ために、チョークが、折れる、ことがある。しばしばある。そのたびにぼくはため息をついて、窓の外へ視線をそらすのだった。

あるとき彼が授業の途中でとつぜん怒り出した。関係代名詞の話か何かからいきなり、前の晩、居酒屋へ飲みに行った話になって、隣合せた客のことを怒り出したのである。あんまり急だったので、ぼくには彼の主張するところがよくつかめなかったが、要するに隣の客がドイツ語の単語を一つ二つ呟いた(医者だったのかもしれない)、それを思い出して怒っているらしい。

「飲み屋でインテリぶった口をきくなというんだ」

とか、

「ドイツ語ぐらいおれだって知ってるぞ」

とかいうふうなことを大声でどなっている。

ぼくは窓の外の新緑へ視線をそらすことも忘れて、赤ら顔がいっそう赤黒く興奮した男を呆然とながめていた。呆気《あっけ》にとられたのはぼく一人ではなかったらしく、授業が済んで彼がいなくなると、教室のそこら中で、

「いったいなんなんだ、いまのは」

とか、

「あのひと誰を怒ってたの?」

とかいう感想や疑問が提出される。そしてはっきりした答を与えられる生徒は誰も

いないのだった。

この教師はもちろん生徒を殴った。ぼくは教師の暴力には中学時代でこりていたので、今後おもだった騒ぎは起すまいという決心で高校生になったのだが、クラスメイトの中には、陰では何もしないのに日向でばかり都合の悪いところを見つかる友人がいて、よく殴られた。

ぼくが初めて煙草を喫った場所は自分の部屋である。その後も、なるべく自分の部屋と友人の部屋以外では喫わないように心がけた。クラスの男子生徒の大半はそうしていたように思う。ところがある友人の場合は、学校の屋上で休み時間に喫いたがる。ばかなまねはやめとけ、と言いたいのだが黙って見ていてあとでどんなことになるかの興味もあって、ぼくは注意をためらう。他のみんなもためらう。喫いながらが見つかって、ちょっとした騒ぎになる。女子生徒の中に、遠くから成り行きを見守るのが性にあわない人間がいて、友人の名前が教師の耳にとどく。昼休みにパンと牛乳の食事をとっていると、息の荒い教師がいきなり現われて、その友人の席に詰め寄り、事情を聞く……暇もない問答無用の往復ビンタである。唇が切れて血を見るほどの平手打ちである。ぼくは食欲をなくし、近くの席の女子生徒が悲鳴をあげ、その隣が貧血で青い顔をして保健室へ運ばれる。友人は教師に首ねっこをつかまれ、職員室に連行さ

れる。午後からの授業が終って解放され、戻ってきた友人に浴びせられる声は、

「バカ」であり、

「目だちたがり」であり、

「やっぱし停学か？」である。

さすがに気落ちした友人は、静かにかぶりを振って、今週いっぱいの自宅謹慎だと告げる。

ぼくが初めてウイスキーを口にした場所は友人の部屋である。その後も、自分の部屋にトリスの瓶を一本隠し持ってはいたが、毎夜毎夜一口舐めては何故こんなまずいものをみんな欲しがるのだろうと不思議がっていた。クラスの男子の大半はそうだったろう。ところが、なかに違った味覚をもつ煙草事件とは別の男が一人いて、隣のクラスの友人たちと一緒になって、高校の近くの公園でボトルを二本空けるという豪傑なふるまいをする。たまたま通りかかった一市民が、本人たちには何も言わず、警察か高校かよく知らないがとにかく電話を入れて注意をうながす。ちょっとした騒ぎが持ちあがる。あくる朝のホームルームにはそのクラスメイトと担任の姿はなく、別の教師が現われて、ぼくたちに、

「えー、だいたいの事情はわかっていると思うが」

で始まる、あいまいな、だいたいのところ以上はわからない報告と説教をする。クラスメイトはそれから一ケ月姿を見せない。その男と仲のいい、一度見舞いに行った友人の話では、自宅で眼の横にバンソウコウを貼って、英語のリーダーを勉強しているそうである。やっぱり殴られたかと訊ねると、顔をしかめて、平手じゃなく拳だと答えたそうである。ぼくは窓の外の紅葉をながめ、ため息をついた。

ぼくが初めて行ったストリップ小屋は、いまはもうない。その辺のことにくわしい知り合いにいま電話で確かめたところ、現在、街にはストリップ小屋は一軒もないそうである。当時は駅前にあったと思う。煙草事件ともウイスキー事件とも関りのないクラスメイト二人に、むりやり誘われて出かけたことを憶えている。恰好をつけているのではなく本当にむりやり誘われたのである。いまでもぼくは街にストリップ小屋があるのかないのか知らないくらいで、そのころから女性の見せるための裸には……まあ、行くこた行ったんだから興味がなかったとは言えないか。しかし、高校時代はそれ一度きりである。あとは大学のときに札幌で二へんくらい見たことがあるだけだ。クラスの男子の大半もだいたい似たようなものだと思う。ところが、ぼくたちの高校とは別の高校に物好きな、というか独特な趣味の男がいて、定期的に通う。通いつめる。どんなふうな経路をたどってか知らないが、ぼくたちの高校にもその筋からお達しがくる。ホームルームで担任が吠える。

「おまえら子供なのか大人なのか」

沈黙。

「おれはもうさっぱり判らん」

沈黙。

「いちどでも行ったことのあるやつは立て」

沈黙、やがて椅子の引かれる音。

ぼくはため息とともに窓の外の落葉をながめる。一緒に行った二人はたぶんぼくと同じ考え方をするはずだから、こんなときに立てと言われて従うわけがない。黙ってりゃわかりゃしないのだ。いま立ったのはまた例の目だちたがりの……。

ぼくは振り向いた、眼をむいた。何を血迷ったのか、一緒に見に行った二人が立っているのである。二人ともぼくの方は見ない。なおも驚いたことに、まだ他にも続いて椅子を引くやつがいる。一人が立ち、二人が立ち、すると三人めがおもむろに立ちあがる。ぼくはクラス担任と女子生徒と一緒になって口をあんぐり開け、男子生徒の大半が起立するのをながめていた。それからもういちど吐息をつき、机に両手を置いて、ぼくは腰をあげた。大勢につくというのではなく、孤高を好まないのがぼくの趣味なのである。

教師は開きっぱなしの口を閉じ、教室全体を見渡しながらゆっくり一、二度うなずき、みんながびっくりするほど小さな声で、すわれ、と命じた。二十人近い男子生徒を殴ることを想像して、たぶんうんざりしたのにちがいない。こうしてストリップ事件だけにぼくは連坐し、しかもその事件だけがうやむやに終ったのである。

ところで、一九七一年はぼくにとって初体験の年ではあるが、当時の日記を読み返しても「初めて女の子と……」という記述だけは見つけることができない。ぼくが初めて女の子と……した場所はまだこの年には存在しなかった。それはもっとずっと先の話になる。当時の男子生徒の大半も似たようなものだろう。似たようなものだとぼくは信じる。

ところが、なかに一人だけ(かどうかわからないがぼくが知っているのは一人だけ)早熟な生き方を選ぶ友人がいて、彼は別の高校に深い交際をしているガールフレンドがいた。どれくらい深いかは、ガールフレンドの親から担任に電話があって、友人が家庭訪問をうけたことからだいたいの想像をつける。噂をききつけて集ったぼくたちの前で、友人は、

「大げさなんだよな」

と言い、

「たいしたことしてないのに」

と言って、みんなにそれ相当のおこないをしていることを匂わせた。担任の教師は、高校を卒業して職に就き結婚してからでも遅くないと説いたそうである。友人が、ぼくは大学へ進むつもりなんですが、その場合はどうなりますかと恐る恐る訊ねてみると、その場合にはやむをえないだろうと答えたそうである。つまり婚前交渉を認めないほど時代錯誤でもないというのが、友人の見方だった。婚前交渉。いまはもう誰も使う様子のない言葉だが、十四年前にはまだ、ぼくたちを刺激するだけの力を持っていたようだ。

＊

こんなふうに、一九七一年、ぼくは幾つかの初体験を持ち(忘れていたがパチンコもポルノ映画も麻雀もそうだろう)、一つの初体験からはまだ遠く離れて、新入生としての高校生活を送っていた。

翌年の春になってもぼくの名前を覚えてくれなかった担任は、いまでも高校教師をつづけているのかどうか、十四年前のクラスメイトたちはその後どうしているのか、ぼくは何も知らない。きっと、ぼくが彼らの名前や顔さえ忘れかけているのと同じように、彼らもぼくのことを忘れかけているだろう。

あのころ十六歳だった少年たちは、今年で三十歳をむかえる。一九七一年が、ぼくにとってそうであったように、彼らにとっても初体験の年であったことはまちがいない。それだけはみんなの記憶に残りつづけると、ぼくは思っている。

(『青春と読書』十一月)

一九七二年

一九七二年の10大ニュースというのをある雑誌から無断で引用するとこうなる(雑誌には、読売新聞社選定のものによると断り書きがある)。

1 連合赤軍事件
2 グァム島で横井さん救出
3 日中国交正常化
4 新生沖縄県誕生
5 田中内閣発足
6 大阪千日前ビル火災
7 札幌五輪冬季大会
8 北陸トンネル列車火災
9 日本人ゲリラ、テルアビブ空港襲撃

10　ミュンヘン五輪、日本活躍

次に一九七二年の日記を引っぱり出して読んでみる。10大ニュースに関連した記述をさがしたけれど、見つからない。わずかに、2と7と10について、新聞の見出し同様のそっけない文句を書きつけているだけである。どうやら当時十七歳は、物騒な出来事と政治には眼をそむけていたらしい。奇跡とスポーツだけを横眼で眺めていたらしい。

その傾向はいまでもある。三十歳になったぼくはいまでも、三面記事の惨事を報じる見出しはなるだけとばして読むように心がけているし、一面はただ頁をめくるためにある、というような新聞とのつき合い方を守っている。奇跡とスポーツについては、競輪でしばしば宝くじに近い大穴を狙ってはうなだれ、あるいは江川卓が二十勝するかしないかの賭けに負ける男を主人公にした長編小説を書いた(『永遠の1／2』。興味のある方は早く読まないと絶版になります)。時がたっても人の視線はそれほど変らないようである。一九八五年の世事にうとい小説書きが、十三年前には学生服を着ていたというだけの話に落ち着きそうである。

＊

高校二年の担任は物理の教師だった。

これが面白味のない教師で、授業という授業に興味が持てず試験という試験に赤点をとったあげく、文科系へ進む決心をした。決心をせざるを得なかった。同じ理由で同じ進路を選んだクラスメイトが何人もいる……ということを以前この雑誌のエッセイに書いたところ、東京に住んでいる友人から反省をうながす電話がかかった。女房の妹が『青春と読書』を毎月購読しているのでおまえの文章を読んだけれど、どうも、いただけない。いくら自分が物理のテストで落第点をとったからといって、それをぜんぶ教師の責任に押しつけるのはどうかと思う。それはまあ、彼の授業は退屈ではなかったとは言わないが、物理というのはだいたいが地味で面白味のない科目である。おかしくて笑いころげて頭に入る物理の授業なんてのは、読んでも眠くならない佐藤正午の小説というのと一緒で、まずあり得ないだろう。それにもともとおまえが理科系向きの頭脳をしていない点も考えるべきだ。なにしろ、高校のときのおまえは物理に限らず数学でも化学でも赤点をとっていた。とくに計算が弱かった。煙草代やパン代の貸し借りで、誰が誰にいくら払えばよいのか混乱するのはいつもおまえが一枚かんだ場合だった。おれの計算ではまだ三百円くらいの貸しが残っているはずだ。それをいま返せとは言わないが、とにかく、自分の赤点を教師のせいにするのはおかどちがいである。おかどちがいのうえに、母校の恩師を批難するような書き方は許されるべきではない。彼がこの文章を読んだら、教え子の忘恩にも似た行為をさぞかし残念に思うだろう。唇をかんで悔しがるだろう。いや、怒るかもしれない。

「おれなら怒るだろうな。こんな雑誌、引き裂いて怒るな。本人から電話はなかったか？」

そんなことを言うので、ぼくは急に心配になって、もし本人から怒りの電話がかかった場合の言い訳を考え、あれはエッセイではあるけれども、ぼくはまがりなりにも小説家であって、小説家のエッセイというのは昔から嘘をまことしやかに書くものと決っています。ペンを持つと、ついつい習慣で事実を曲げてしまう。曲げた方が効果的だなと頭の隅で思うとひょいと曲げてしまう。だからしばしばエッセイとも小説ともつかぬ作品に仕上がってしまうことがある。編集者が小説を注文してくればそれは小説で、エッセイをと言えばそれはエッセイなのである。要するに小説家が書くのは小説もエッセイもつくり話、でたらめ、嘘なのです。ごめんなさい。もうしません。と平謝りに謝ろうと思っていたけれど、電話のベルは鳴らなかった。きっといまでも退屈な授業の準備に忙しくて『青春と読書』なんて読む暇はないのだろう。

さて。

高校二年のぼくたちのクラスは男女それぞれ約二十名ずつの混成である。ほとんどの授業は一緒に受けるけれど、特別の授業に関しては男子と女子が別々になる。男子生徒は隣のクラスの男子生徒と合同でその科目を受け、女子生徒は隣のクラスの女子生徒と合同でそれとは違う科目(あるいは同じ科目)を受講する。たとえば物理……の授業を男子が受けるときもそうだったけれどもう物理のことは書かない。

たとえば体育。これも男子と女子が別々に分けられる。体育の時間になると、ぼくたち男子生徒二十名は隣のクラスの二十名と一緒になって、グラウンドに集合する。そのあとブラブラしていると、体育の教師に一喝され、殴られる危険もあるので、整列して徒手体操なんてことになる。体育の教師については思い出すことは何もないことにする。暇がありそうだから『青春と読書』を毎月読んでるかもしれない。

体操が終ると、ソフトボールの試合をするためにチームを四つ作ることになる。すでにクラスが二つに分かれているから、それをまた二つに割る。そこで、我がクラスのお調子者の生徒が前に出て言う。

「おい、どうやって分ける？　出席番号の偶数と奇数でいくか。しかしそれも芸がないよな」

このお調子者の生徒というのが、東京からわざわざ物理教師弁護の電話をかけてきた友人である。他のみんなは、彼の音頭とりには慣れていて、というよりも毎回うんざりしているので、本当は相手にしたくないのだがチームを作らないとゲームが始まらない。しょうがないから誰かが投げやりに相づちを打って、

「じゃあどう分けるんだよ」

なんて発言してやる。お調子者が応える。

「インキンにかかったことのある組とない組っていうのはどうだ。よし、それでいこう。経験者はおれの周りに集まる！」

誰も動かない。代りに声が二つ三つあがる。

「バーカ」

「てめえひとりなんだよ」

「あほくさ」

「じゃあ……、こうしよう、あれのサイズの標準以上と以下」

「きみのホウケイはどうなるの」

「フェイ・ダナウェイを好きか嫌いか」

「知らねえな」

「巨人ファンとアンチ巨人」

「阪神ファンはおまえだけだよ」

「南沙織派と天地真理派」

「『十七歳』うたってみろ」

なかなか決定をみないところへ、ぼくの横に立っている人の悪い友人が、

「こういうのはどうだ。ラブレターを貰ったことがあるやつとないやつ」

と提案する。ひとり離れているお調子者は、これを聞いて急にモジモジしだし、事情を知ってる男たちはニヤニヤ笑いながら、

「おれはないなあ」

「ないのはこっち側だな」

「おれもない」

「ああ、みんなこっちだ」

「あれ、山本君ひとりそっち？」

「審判でもやってもらおか」

などと、お調子者の山本君(仮名)をからかっているところへ、体育教師が、

「こら、何をぐずぐずやってるか！」

と大声をはりあげて、結局、チーム分けは出席番号の偶数と奇数ということになる。

しかしその日、山本君はソフトボールの試合ではエラーと空振りがめだち、体育の授業が終ったあとも、どこかしょんぼり元気がない。日ごろ陽気な彼がうつむき加減に廊下を歩いているのを眼にして、ぼくたちはやっぱりちょっと酷だったかなと、ラブレター事件を振り返るのである。

　山本君はアメリカ映画研究会というクラブの部長だった。研究会といったってべつに何も研究しない。週に一ぺん集まるだけである。集まって山本君を中心にわいわい騒ぐだけである。彼が二年生になったばかりのときにクラブを発足させ、ぼくも友人と一緒に立派な名前につられていちど出席してみたが、男ばかり部長を囲んで、あの映画館の左後方の席には中年の変質者が出没するとか、別の映画館のトイレの落書きは気がきいていて笑わされたとか、そんなことを喋っている。それっきり馬鹿ばかしくなってやめた。あれで女生徒の二、三人も入部すれば少しはましなんだがな、というのが一緒に覗いてみた友人の意見だった。

　その友人が、しばらくたったある朝、ぼくが教室に入るなりそばに寄って来て、面白いことがあるから手をかせと言う。あくびをしながら(当時からぼくは朝が苦手だった)、話を聞いてみると、例の研究会に下級生の女の子が三人、入部したという。入部して一ケ月くらい過ぎているという。

「それで、何がおもしろい」

とぼくが訊ねると、

「山本はそのことをずっと隠してたんだぜ」

と友人が悔しそうに答えた。

「水くさいと思わないか? 卑怯だと思わないか?」

「山本にそう言えよ」

「いや、言わない」

言わない代りに、ぼくに手紙を書けというのである。聞くところによると、山本は下級生の一人をひどく気に入っていて、部会のときには彼女の方ばっかり見ているそうである。彼女が山本を見て発言したりすると、ポッと顔を赤らめたりするそうである。山本は彼女にまいってる、と部員たちはみんな噂しているそうだ。で、ぼくに下級生が部長にあてたラブレターの文案を考えろという。そうすれば、その手紙を読んで山本がどんな反応を示すか、どんな顔をするか楽しめる。これは見物である。おもしろいことになる。

「な、書けよ。おれがおまえの文章を女文字に似せて写すから」

「悪趣味だと思うな」とぼくは言った。

「断るのかよ」

「三時間目は物理だから」

「試験勉強で忙しいか」

「いや、そんとき書く」

というわけで、ぼくは物理の時間に下級生の女の子になりきって一二〇〇字程度の創作にはげんだ。それを昼休みに、達筆家の人の悪い友人が、用意していた便箋に写し花がらの封筒に入れて山本君の机の中に忍ばせた。ぼくは最後まで首をひねって、

「うまくひっかかるかな」

と心配だったけれど、

「だいじょうぶ」

「しかし、机の中にいきなり手紙が入ってて本気にするか？」

「するする。あいつあれでうぶだから」

と友人が自信たっぷりにうけあって、ぼくたちは成り行きを見守ることになった。

そのあと起ったことは、山本君の名誉のために書かないことにする。午後からの授

業での彼の落ち着きのなさも、放課後、待ち合せの場所に指定された図書館に緊張して入ってきた彼の面もちも、そのあとの困惑も、傷心も、ぼくは思い出さないことにする。

本当は、一九七二年という時代を反映する出来事をいくつか拾いあげてみるつもりだったのだが、一本の電話がきっかけで、つい筆がそれてしまった。おそらく彼は、またこの文章を奥さんの妹から借りて読むだろう。怒りの電話がかかるかもしれない。でたらめばかり書くなと、奥さんの手前もあって言うかもしれない。しかしぼくは聞かないふりをするつもりである。あれから十三年たった。彼のうぶな恋も、ぼくたちの悪趣味ないたずらも、時効が成立しているだろう。

(『青春と読書』十二月)

一九八六年

一九七三年

まずオイル・ショックの年である。
つづいてインフレの年である。
それから金大中事件と呼ばれる出来事がおこった。
大手商社の買占めが問題になる。
日航機がハイジャックされる。
魚貝類の汚染がさかんにいわれた。
熊本の大洋デパートで大きな火事がおきた。
ノーベル物理学賞を日本人が受けた。
女性銀行員が九億円を横領している。
そしてむろん内閣の改造もあった。
前回と同じ雑誌から一九七三年の十大ニュースを順に並べるとこうなる。
他にぼくが関心のあるものをもう少し拾うと、一月に大場政夫が自動車事故のため死亡している。小松左京『日本沈没』が三月に発売され、超のつくベストセラーになった(雑誌に載っている発行部数が事実なら、佐藤正午『王様の結婚』のちょうど百二十倍売れた勘定になる。心の底から信じられない。本の定価がわかれば印税は何倍になるのかも計算できるのだが、そんなことばかりやっていると、また編集者に叱られる)。

四月に開幕したプロ野球パシフィック・リーグは初めて二シーズン制を採用した。五月のダービーではハイセーコーが優勝できなかった(残念ながらというか、高校生だからもちろんというべきか、この年ぼくはまだ競馬も競輪も知らなかった。競馬は翌年のキタノカチドキが敗れたダービーから五年ほど熱中することになる)。六月以降には、ぼくの興味をひく事件はおこっていない。

＊

一回め(一九七一年)、二回め(一九七二年)と書いてきて、連載は三回の約束だから今月でおしまいである。前二回を読まれた方は、同じ枕のふり方でここから高校生活の思い出に入っていくとお考えだろうが、最終回はちょっと違う(前二回を読んでいない人は何のことかよくわからないと思いますが、つまり最初にその年の大きなニュースを掲げ、次にそのニュースとは関係ないが同じ年に高校生だった友人たちのエピソードを拾いあげる、そういうパターンの文章をぼくが二度つづけた。さて三度めの今回はどうか、というのがいま論点になっています。先へ進みます)。ちょっと違うのは、しめくくりの最終回だから、前と同じような芸のない書き方を嫌うのではなく、すこし事情が違うという意味である。一九七三年、ぼくが高校三年のときの思い出には、すんなり入っていけない事情がある。

実はこの年に題材をとった小説を書くつもりなのだ。それもごく近いうちに書くつもりでいる。だからいまここで素直に当時の思い出にふけると、小説のネタがわれてしまう恐れがある。『青春と読書』の読者とぼくの(いずれ書かれる)小説の読者とがどれくらい重なり合うかは判らないけれど、ぼくはどんなに小さな危険性でも恐れる。それに書く側の気持としても、いちどエッセイに使った材料をもういちど小説に仕立てるという作業は非常に骨が折れそうだ。いま思い出に細心になりすぎて、いざ小説を書こうとしたとき創作意欲がわかないというのは困る。小説家も困るけど、編集者も困るだろう。毎回ぼくの作品を楽しみにしている読者(がいると考えたい)だって困るに違いない、と思いたい。

そういうわけで、最終回はこれまでとは別の書き方とする。高校時代のエピソードではなくて、現在の話にしぼりたい。具体的に何を書くかは間に＊印を入れて考える。

＊

高校三年のときのクラスメイトの中には、いまでもときどき電話で喋ったり、年に一ぺんくらいは会って酒を飲んだりする友人が何人もいる。職業はもちろんさまざまで、教師になったのもいれば美容師になったのもいるし、酒屋の跡を継いだのも、新聞記者も、農協の職員も、喫茶店の経営者も、運転手も、銀行員もいる。職種は違うが、彼らは共通して妻子持ちである。四、五年前からぽつりぽつりと結婚式の案内状が届きだし、あれよあれよというまに独身はぼく一人ということになってしまった。彼らのなかのある男に言わせれば、ぼくはいい年して小説なんか書いてるから女をつかまえられないということになるが、ぼくに言わせれば彼らがぼんやりしてるから女を早々と女につかまるのである。またある男はマイルドセブン・ライトに火を点けながら、おまえいつまでも高校時代と同じ煙草を喫ってるとほんとに婚期をのがすぞ、と妙な言いがかりをつけるけれど、ぼくは十数年ハイライトを喫いつづけて一度だってそのことで女性に嫌われたためしはないのである。ぼくがハイライトを喫いながら小説を書いていることと、三十歳のいま独身でいることとは何の因果関係もない。その点はクラスメイトのなかの君と君に、それから読者のなかのハイライトを喫っている方および小説を書いている方で三十歳過ぎても独身の男性に、強調しておきたい。

ところで、むかしテレビのCMで、友だちの奥さんてなぜあんなにきれいに見えるのだろう、とある俳優が呟く台詞があった。十代かあるいは二十代前半のころぼくはそれを聞いた記憶がある。友だちがまだ一人も結婚していなかった幸せな時代だ。ぼくがまだCMの嘘を見抜けず、台詞を呟く俳優が売れていたころである。月日が流れ、周りを見渡すと友だちの奥さんは何人もいるけれど、一人として……ここは言葉を濁す……という友だちの奥さんはいない。

妙なもんだな、CMを見たときは、へえ、そんなものかなと感心もしたし、俳優の呟きにも説得力があった、ような憶えがあるけどな、やっぱり現実を目のあたりにするとな、声も出ないよな。そういう話を先日、喫茶店で銀行員の妻子持ちとする機会があったのだが、彼はキャビン・マイルドを喫いながら、しきりにうなずくと、

「そう。おれもそのCMは憶えてる。お互い、だまされたもんだな」

と、自分の女房のことを棚に上げて同意した。

そのあとで、ぼくの無言の、意味ありげな視線に気まずさを感じたのか、咳払いをして、

「しかし、あれだな、おまえはしょっちゅう派手な若い女とつき合ってるからな。家庭に入ってる女性に対して点が辛すぎるんじゃないか。それは認めるだろ」

「認めない。おれは家庭に入った女と独身の女を比較するつもりはないよ。家庭に入った女のなかから友だちの奥さんだけを取り上げて、検討してるんだ」

「ああ、そういうことか」

と友人はわかりきったことを、いま気づいたように言ってみせて、

「でも、おまえはいいよな、しょっちゅう若い女の子とつき合えて」

どうやら話を換えたい様子なので、ぼくは言った。

「しょっちゅうつき合ってなんかいないよ。若い女の子のいる店でしょっちゅう飲んでるだけだ」

「同じことじゃないか」

「ちがうだろが。しょっちゅうお酌してもらうのと、しょっちゅうホテルに行くのが同じなのか?」

「それは、ちょっとちがうな」

「だいぶちがう。いまホテル代が幾らかかると思ってるんだ」

「ほらみろ、やっぱり同じじゃないか。しょっちゅう若い女の子とホテルに行って

るんだろ」

「行ってないよ」

「そういう金があるならうちに預金しとけ」

「ないよ」

と、話は変なふうに逸れてしまった。だいたいこの年頃の妻帯者と独身者が会話をすると、話が逸れていく方向は決っているのである。妻子持ちは独り者の女性関係を勘ぐり、自分は女房に吸いあげられる金の使い道を指図したがる。


友だちの奥さんについてもう少し書く。

ぼくは別に、彼らの妻がぜんぶ揃いも揃って、ひどい、お話にならないと言っているのではない。美人だとかその反対だとか言っているのではなくて、じゃあなんと言えばよいのかよく判らないけれど、……そう、要するに友だちの奥さんという言葉に対して抱いていたイメージと現実との差に苦しんでいるのかもしれない。ぼく、友だち、友だちの奥さん、の三角関係への憧れをテレビのCMによってふくらませすぎたということかもしれない。あるいはひょっとすると、その憧れはCMだけではなくて、小説や映画によってもつちかわれたのかもしれない。友人の妻に横恋慕したりちょっかいを出したりする小説は(それを原作にした映画は)、いまちょっと例を思いつかないけれど、いくらでもありそうな気がする。つまり活字や画面のなかの男たちは、友だちの奥さんを見ると必ず気持を動かさずにはいられないのに、現実のぼくにはそれがなくて拍子抜けしているのである。活字や画面のなかでは三者の関係が常に緊迫していてスリリングであるのに、現実のぼくと友人と友人の妻との関係といったら……だいたい次のようだ。

ひと月ほど前、ある友人が晩飯をごちそうするから遊びに来いと電話をかけてきたので、夕方、ショート・ケーキを土産に持って行ってみると、旦那の方はまだ勤め先から戻っていず部屋には奥さん一人きりである。一人きりというとちょっと色っぽくなりそうだが、腹のなかには八ケ月の子供が入っているのである。すでに大きくせり出していて、心なしか顔までまんまるく、ひたすら陽気な声で、

「ちょっとお、読んだわよ。待っててもちっとも送ってこないから買って読んだわよ。『王様の結婚』、あれ売れたの？　売れない？　売れないでしょうねえ。暗いのよ、ぐずぐずぐずぐず、もっとさらっと読めるように書かなきゃだめよ」

とお茶を入れながら喋り、

「あらあ、あたしこの店のチーズ・ケーキだい好き。ひい、ふう、みい、よう……

一五〇〇円、やだまた太っちゃう。悪いわねえ。いま食べる？　食べないわよね。食後にね。エビフライ揚げるから。好きでしょ？」

と台所に立ちながら喋る。

一人でさみしくお茶をすっていると、そのうちに旦那が帰宅して、こっちの方も明るく、おう来てたのか、まだしこしこ小説書いてるのか、あの本、『裸の王様』か、あれでいくら儲った、などとぼくをがっかりさせる。

三人でエビフライを食べ、紅茶を飲んだあとは麻雀である。どうやらメンツ集めのためにぼくは招待された気配である。電話で、近所の四十年配の男が呼ばれてやってくる。近所に住む中年男と人妻、というのも言葉だけ並べれば小説の世界の色気がただよわぬでもないけれど、この現実の中年というのが、ただもう麻雀好き、それだけ。彼は小説を書いています、本も二冊出ている、よかったら買って読んでやって下さい、という友人の思いやりのある紹介も聞こえているのか、まっ先に卓の前にあぐらをかいてパイをかきまぜ、

「さあて、きょうは一発きめるぞ」

なんて、よくわからない独り言を呟いている。

四人で卓を囲む。

気がねも、眼くばせも、緊迫の一瞬も、何もない。

「それポンだよポン、奥さん。あんた早ヅモなんだよ」

「あら、そっちが遅いんじゃないの？」

「当り」

「もう、佐藤くん、またよ。しっかりしてよ。ひとりだけハコテンじゃないの」

「…………」

もちろん、何べんもいうように、彼女の方に罪はないのである。ひとえにぼくの友だちの奥さんに対する思い込みのせいだ。それは判っているけれど、なんとなく、現実の奥さんたちと会うたびにわりきれない気持を味わうのも事実なのである。

＊

これでぼくの連載エッセイは終りです。

三回とも読んでいただいた方には御礼をいいます。よかったらこんどは小説の方にもつき合ってみて下さい。一九七三年に題材をとった、まだ一行も書かれていない長編は、『童貞物語』というタイトルだけが決っています。いつ、どこでおめにかかるか判りませんが、そのときまで、ごきげんよう。


（『青春と読書』一月）

追記

『童貞物語』は『青春と読書』に一年間連載された後、集英社より刊行された。この小説は確かに一九七三年に題材をとってはいるけれど、ぼくじしんの高校生活をありのままに写したわけではない。そんなことくらい当時のクラスメイトなら真っ先にわかりそうなものなのに、なんと卒業アルバムを脇に置いて、登場人物にいちいち実在の人物の顔をあてはめて読んだという馬鹿な男がいる。それに比べれば、一人称で書かれたぼくの小説を読んで、「ときに片眼が見えなくなるという十字架を背負ったあなたは……」とか「私の兄も佐藤さんと同じように以前市役所に勤めていて……」とかいった手紙をくれる読者の思い違いなどは、まだニッコリ笑って許せるという気分になる。

（『犬』）

西の街の気候と服装

ぼくがいま暮している佐世保という街は九州の西の端に位置する。九州と聞くとすぐに、一年じゅう温暖な、まるでハワイみたいな土地を想像する人がときどきいるけれど、むろんまちがっている。それは沖縄である(とぼくは一度も行ったことのない沖縄の気候を想像するのですが、ちがっていたら謝ります)。九州には、というか佐世保にはちゃんと四季があって、冬が来れば霜柱は立つし、雪も降るし、マフラーは売れるし、灯油の値段は問題になるし、猫はコタツでまるくなる。だから九州の西の端というよりもむしろ、日本の西の端といった方がいいかもしれない(とすると沖縄は日本の南の端ということになって、やっぱりなんとなく暖かそうだ)。首都を中心にして日本を西へ行くにしたがい、言葉は変り、地形は変り、作物は変るかもしれないけれど、どれだけ西へ行こうが気候にそれほど変化はないはずである。実際に、冬ひとつとってみても目立った特徴はない。

気候に特徴がないということは、たぶん服装にも特徴がないということになる。佐世保の街で一月にアロハ・シャツを着ている人間は、日本中のたいていの街でそうであるように変人ないしハワイからの旅行者である。ただ西のはずれに位置する分、首都で流行《はや》った服装がいくらか遅れて伝わるという点はあるかもしれない。

佐世保はよく言われるように(そしてほとんどの人が聞きもらすように)、基地の街である。造船の街であり、港街でもある。つまり、外国の人間が船でやって来ては、キリンビールを飲み、日本の女と友好を深め、豆腐を食い、蒲団を買う。しかし彼らの服装が佐世保の服装に影響を与えることはない。いまどき港を経由して外国が日本に影響を与えることなどあるはずがない。

ところで、言うのが遅くはなったが(早く言ったってどうせ憶えてもらえないだろうが)、ぼくは小説家である。だいたいが部屋に閉じこもって生活するのを好む型の人間で、世の中の流行や変化にはうとい。だからいままで書いたのもあんまりあてにはならない。気候や服装に特徴がないというけれど、ぼくは首都の四季も人間もよく知らないのである。外国の船の影響はないと書いたけれど、佐世保の若者たちにそれがないとは断言できない。彼らとのつき合いはほとんどないから、あるいは船員たちから女性の優しいいたわり方を学び、バドワイザーやサンミゲルを飲み、寒い国や暑い国の服装を真似たり応用したり、していることも考えられる。もし西のはずれに際だった特徴があったとしても、ぼくには首都の流行とおなじように縁遠い話だけれど。

（『X－MEN』四月）

［書評］
丸谷才一編『現代の世界文学　イギリス短篇24』
宮本陽吉編『現代の世界文学　アメリカ短篇24』

高校生まではそれほど小説好きの少年ではなかった。少なくともいまほど（小説書きで暮しをたてるほど）好きではなかった。教科書や参考書ばかり読んでいたというわけではないし、本など読まず遊びまわっていたというわけでもなくて、何をしていたのだったかよく思い出せない。きちんとした日記をつけていないので、代わりに強烈な印象をうけた小説でもあれば、それを手がかりに当時を振り返ることもできるのだろうが、残念ながら僕の高校時代にはこの一冊という本との出会いはなかったようだ。

大学に入って最初の年を思い出す手がかりになる本は『イギリス短篇24』および『アメリカ短篇24』である。その頃、僕は大学教養部の授業についてゆけず、アパートにこもってテレビを見たり麻雀を打ったりの生活に浸っていた。当然、長編小説を読む時間も体力もない。テレビのＣＭのあいだにあるいは徹夜麻雀のあと眠りにつくまえに、一編一編、ちょうど甘い飴をなめるように苦い薬をのどへ通すように、短い翻訳小説とつきあっていた日々を思い出せる。

飴の甘みは僕を小説の世界へと誘惑し、薬の苦みはぼくの体力を回復させた。『イギリス短篇24』からはグリーン、モーム、マードック。『アメリカ短篇24』からはスタインベック、フォークナー、ロス。僕はテレビの前から離れ、書店と図書館に通いはじめた。少しずつ彼らの小説を捜し出し、読んでいった。麻雀に費していた時間は大幅にけずられることになった。僕は時に徹夜で彼らの作品とつきあわなければならなかった。彼らの作品のほとんどは長編小説だったから。おかげで僕は麻雀仲間から爪はじきにあい、十年後には自分の手で長編小説を書くはめになった。

いまでも二冊の短編集は本棚の隅に置いてある。彼らの長編とはいまでもたまにつき合うけれど、この二冊だけは埃をかぶったままだ。つまり四十八個の飴と薬はむかしの味のまま、僕の舌のうえに残っているわけである。

（『図書目録』四月）

毎日が土曜の夜

だいたいがぼくは何事に関してもおくての方で、酒とのつき合いも二十歳をすぎてからです。それはちょうど小説を書きはじめた時期と一致します。

しかし最初のころは外へ飲みに出かけることはほとんどなかった。自分の部屋で独り缶ビールを二、三本空けて、うまく書けない原稿をまるめたり破ったり、あるいは友人と一緒に冷酒を二、三合飲んで気に入らぬ人物をこきおろしたり、せいぜいそんな程度でした。酒場通いをおぼえたのは二十代の後半になってからです。それはぼくが小説家としてデビューした時期と一致します。御存知ないかもしれませんが、ぼくの処女作はかなりの売れゆきだったのです。それで印税というものが転がりこんだ。自分の部屋で飲んでいては使いきれぬほど転がりこんできました。

昨日まで貧乏していた人間が持ち慣れない大金を手にすると、もう目もあてられません。貯金なんて考えない。ろくにおさめた経験がないからもちろん税金なんてことも考えない。それこそ毎日が土曜の夜みたいなもので、連日連夜、酒場めぐりです。

もともとそう強い方ではないから、量はいけませんが店の数でこなす。店が看板になってからも、女の子を誘って朝までやっている別の店へくり出す。夕方に起き出しては酒場の扉を押し、朝まで飲み、また次の日の夕方に目覚めて、というような生活がずっとつづいた。本が売れなくなって印税の振り込みが止るまでつづきました。

そのころは、今日が何月の何日か、何曜日か、それからいまが何時かということさえ問題ではなかったように思います。つまりカレンダーも時計も要らない生活だったと思います。もっと言えば、どこまでが素面《しらふ》でどこから酔っているのか、どこまでが現実でどこから夢を見ているのかの区別も朦朧《もうろう》としていました。酒場の女の子と食事の約束をしたのはゆうべだったのか三日まえだったのか。編集者からの二作目を催促する電話をうけたのは現実のぼくなのか夢の中のぼくなのか。そんな具合で、いろんな事がどちらともつかずおぼろげでした。

いまはしかし、すっかり落ち着きを取り戻して、以前の生活に近い毎日を送っています。貯金はあいかわらず考えないけれど、税金は息が詰まるほど払わされました。机の前の壁にはちゃんとカレンダーが貼ってあるから、原稿の締切りを忘れることもありません。夜の街に出かけるのも三日に一度くらいです。行きつけの店のママは「ちょっと寂しすぎるんじゃないの」なんてぼやきますが、「新人としてはその程度が望ましい」というのが担当編集者の意見です。

（『小説新潮』五月）

追記

これは現実のぼくではなく、むしろ、近く刊行予定の小説「放蕩記」の主人公（小説家）が書いたエッセイである。

（『犬』）

夏の記憶

夏が来るとかならずよみがえる記憶が幾つかあって、それはたとえば古い（スピーカーが布張りの）ラジオから流れる浪花節《なにわぶし》である。天花粉《てんかふん》の匂いと西瓜の甘さである。ぼくは風呂あがりで、縁側にすわって涼んでいる。おそらくまだ学校へ入る前の年齢だったと思う。昭和三十年代の前半。むろんぼくの趣味でラジオのダイヤルを浪花節に合せたわけではない。祖母が好きでしょっちゅう聴いていたのである。天花粉を首のまわりにはたいてくれたのも祖母だ。西瓜を切って塩をふってくれたのもそう。ぼくはいわゆるおばあちゃん子で俗にいう三文安に育った男なのである。自分ではどこがどう他の男にくらべて三文も安いのか判りかねるけれど、仕事や酒場でつき合っている人間（とくに女性）にはしばしば指摘される。ぼくの生活はほとんどが机に向かって仕事をするかカウンターに向かって水割りを飲むかのどちらかである。

女性編集者やバーの女の子にどんな点を指摘されるのかは、みっともないし悔しいので書かない。しかし指摘されるとぼくはいつも（当然だが）亡くなった祖母のことを考える。若い女性とカウンターをはさんで飲みながら、しわくちゃな老人の顔を思い浮べるのも色気のない話だがしようがない。血液型や星座や映画や電話番号の話から突然「佐藤さんて、もしかしておばあちゃん子じゃない?」なんて訊いてくる方が悪いのだ。こうしてぼくは女の子に水割りのお代わりをつくってもらいながら、冬には冬の、春には春の、幾つかの祖母にまつわるエピソードを思い出す。そしてそれが夏であれば、ぼくはかならず祖母のことを考えているうちに風呂あがりの夜の縁側を思うことになる。ボリュームをしぼったラジオから聞こえる男の唸《うな》り声、あせも止めの粉の匂い、種の多い果物の甘み、夏の酒場でぼくはそんなものを記憶によみがえらせている。

いったん思い出すと、祖母の記憶は酔っても酔ってもつきまとう。酒場をあとにしてからも。部屋に帰って歯をみがき眼薬をさし(ぼくはどんなに酔っ払っても寝る前に歯みがきと眼薬は忘れない)、灯りを消してベッドに入り眼を閉じてからも。ラジオの浪花節を聴覚、天花粉を嗅覚、西瓜を味覚とすれば、そのあとにきっと続いて思い出す場面は視覚と触覚の話ということになる。

小学校にあがって二、三年たった頃の夏だと思う。これは昼間の記憶である。陽ざかりの道を、ぼくは祖母に手を引かれて歩いていた。道の左側は憶えていない。右側は崖になっていて、すぐ下は白い砂浜でその向こうに光る海が見えた。ぼくは海寄りの方を、つまり崖っぷちを歩いている。祖母は不機嫌だ。前日のゲームでジャイアンツがタイガースに逆転負けをしたから。といっても祖母が巨人ファンなのではない。祖父が熱狂的なそれなのである。ぼくは祖母のせいで女の子に三文安く見られ、祖父のせいで長嶋茂雄のファンになった。巨人が負けるとよく祖父は祖母にあたった。一日前の癇癪《かんしゃく》を持ちこして翌朝まで尾をひくことも珍しくなかった。阪神が勝ったおかげで祖父は不機嫌になり、祖父につらくあたられた祖母にまで不機嫌は伝染している。ぼくはそういう事情をもっと子供らしい表現で感じ取りながら、真夏の陽が照りつける海沿いの道を歩いていた。

そのとき前方から、長い舌を垂らし息を切らして犬が走ってきた。毛の短い、白と茶のぶちである。彼女は(犬のことだ。雌犬だったとなんとなくぼくは信じている)、ぼくたちと一度すれちがい、それから何を思ったか後ろから引き返して半ズボンをはいた子供(ぼくのこと)に敵意を示した。子供は犬の喘ぎ声と小石をはねる足音に振り返り、とたんに吠えられて怯え、自分の身をかばうつもりで突き出した両手が汚れて湿っぽい毛並とその下のかたい皮膚に触れた。犬は割れた貝殻のような歯でひと噛みし、子供の手に歯型と生あたたかい唾液を残した。ぼくは叫んだ。次の瞬間、祖母のサンダル履きの足が蹴っていた。犬は崖っぷちにすがり、心細い声で哭いて落ちていった。ぼくは眼をつむった。数人の足音が駆けてくる。祖母に手をつかまれ、強く引かれてから眼を開いたが、崖下に落ちた犬を見ることはできなかった。真白な砂だけが眼に迫ってきてまた眼を閉じた。怒りをふくんだ少年の声が言った。「なぜ蹴ったんですか?」祖母は答えなかった。ぼくの手を引いて一言も喋らずに歩きだした。少年の声が追いすがる。「なぜ蹴ったんですか?」ぼくにはわからない。ただ祖母に手を引かれて陽ざかりの道を歩きつづけた。当時のことを思い出すとき、ぼくはいまでも眼前に迫る白い砂だけを見ている。嚙まれて唾液に濡れた手を握り、ぐいぐい引っぱっていく祖母の掌の力を感じることができる。

(『読売新聞』七月二十九日)

追記

まことに忸怩《じくじ》たるものがあるけれども、祖母はいまだに健在である。事実は、犬に嚙まれたのはぼくの小学校時代の年下の友人で、犬を蹴ったのはその父親。彼が熱狂的なジャイアンツ・ファンだった。ぼくは事件を子供の眼で目撃しただけである。それがどうしてこのようなエッセイになってしまったのか、考えても説明がつかない。一つだけ、このエピソードはいつか少年時代を扱った小説を書くときに使えたんじゃないかという後悔が残る。

（『犬』）

［書評］

川西蘭『ブローティガンと彼女の黒いマフラー』

十九歳でデビューした作家の、七年後に初めて上梓された短編集である。待ちかねた読者も大勢いるだろう。

しかしこの本には、七年分の川西蘭がおさめられているわけではない。十三の短編小説によって七年間の時の流れを読みとる仕掛けはほどこされていない。むしろ七年後の川西蘭がいきなり現れて、『春一番が吹くまで』の読者は目をみはることになる。あるいは『パイレーツによろしく』の読者は首をちょっぴりかしげる。

処女作『春一番が吹くまで』のみずみずしさは、あらかた失われてしまっているといっていい。帯の文句に〝みずみずしい〟という形容詞が使ってあるけれど何かのまちがいだろう。七年もむかしに処女をなくして、なおみずみずしさを保つことなどあり得ない。二年前に書きおろされた長編小説『パイレーツによろしく』にあれほどこめられた力もここでは抜かれている。長編を表舞台とすれば、これはまるで台詞合せのようだと感じる読者も僕ひとりではないはずだ。

にもかかわらずこの短編集は貴重である。いまどき二十六歳の作家の短編集などどこを探してもみつからない、という事情を別にしても。なぜなら、ここには失われたみずみずしさの代わりに洗練がある。なくした処女を埋め合せるための技巧がある。力がこもらない分、気軽な喋りが聞けるし、台詞合せだから化粧も衣装もつけない川西蘭を覗き見ることができる。たとえば、短編「夏の午後」に登場する恋人たちはデートに「ドライブに行き、港の灯りを眺めながら食事をしたり、プロ野球の試合をボックス席で観たり、ホテルのプールに泳ぎに行ったり、ライブ・スポットでジャズを聴いたり」する。車、食事、スポーツ(なかでも野球と水泳)、それから音楽というのは、川西蘭の読者にはおなじみの道具立てである。そういった彼の好みが無造作に並んでいるのを見て、僕たちはうなずいたり微笑んだりすることになる。もちろん文章はいつものように改行が多いし、会話は気がきいている。主人公は優しくものわかりがよく、語り手である「ぼく」が用いる比喩は常にとんでもない連想から生まれて驚きと笑いをさそう。読者は作者と同程度に肩の力を抜いて読み進むことになるだろう。そしてたとえば、「オータム・リーブス」という短編で、高校生の「ぼく」が若い叔母(未亡人)を訪ねて一夜を過ごす場面、すっと息を吸い込んで、叔母さんは目を開いた。一瞬、幼い少女みたいな表情が浮かんだ。ごめんなさい、と呟いて、叔母さんは体を離そうとした。ぼくは叔母さんの肩に手を回して、引き止めた。

駄目よ。叔母さんは微笑を浮かべて、ぼくの腕を膝の上に押しやった。それから、ぼくの頰に軽く唇を押し当て、ソファから立ち上がった。

というあたりの、妙に色気のある描写に(『パイレーツによろしく』にも登場した若い叔母を想い起こしてもいい)息を詰めたりする。

十三の短編を読み終えて、小説家の失われたみずみずしさを嘆くか、それとも備わった洗練の肩を持つかはむろん読者にゆだねられる。が、僕が一つ忠告しておきたいのは、この短編集を本棚にはしまうなということだ。これは本棚に居すわって二度と顧みられぬような性格の本ではない。その点でも貴重な一冊だから、レコード・ラックの片隅や、飾り棚の小物と一緒に無造作に(いつでも手を伸して読み返せる場所に)置くといい。タイトルも装丁も実に洒落ているから見おとりはしない。小説家もそのことを残念には思わないはずである。逆にそのことを想定して十三の短編は書かれ、編まれたという気さえする。編集者と装丁者と作者はそういう性格の仕事をこの本でしている。

といっても川西蘭の仕事は(最近の文芸誌に発表されている短編小説を見るまでもなく)そういう性格のものばかりであるはずはないから、近いうちにもう一つの短編集が編まれることになるだろう。そのときを読者は待って、本棚には一冊分の空きを用意しておいた方がいい。

(『図書新聞』九月)

『旅路の果て』

この小説は読んだ時期も、きっかけもよく思い出せない。同じシリーズ(白水社「新しい世界の文学」)でぼくがもう一冊だけ持っているサリンジャーの『ライ麦畑でつかまえて』の方は、高校一年のときに読書感想文に取りあげた憶えがあるから、いつ読んだかもはっきりしているし、きっかけは映画『コレクター』のなかで主人公が破りすてる本がそれだと知って本屋で探したのである。しかしバースの小説は(と書くとタイガースの一塁手を連想して妙な気持になるけれど)二つとも確かではない。奥付を見ると一九七二年六月発行とあるので、たぶんその頃だろうか。とするとぼくは高校二年、ひょっとしたらまた読書感想文に使うつもりで同じ双書からバースを選んだ可能性はある。ただし、記憶によるとその年は森鷗外の『雁』が課題図書に指定された。

時期ときっかけは思い出せない代りに、中身の方はよく憶えている。冒頭の一行。

ある意味で、ぼく、ジェイコブ・ホーナーだ。

そしていちばん最後の文節。

翌朝ぼくは顔を剃り、服を着、荷物をつめて、タクシーを呼んだ。(略)数分後に車が来て、合図のクラクションを鳴らした。ぼくは二つのスーツケースを持って出た。ラオコーンの胸像はマントルピースのうえにそのまま置いて出た。ぼくの車も、もう用のないものだから、そのまま、道にとめてあるままにして、タクシーに乗り込んだ。

「ターミナル」　志村正雄・訳

それだけだ。それだけじゃないかと言われればその通りだけれど、十年以上も前に一ぺん読んだきりの小説である。『ライ麦畑でつかまえて』になると、いつどうして読んだかを憶えているだけで中身はきれいにゼロなのである。それだけでも、ぼくとしてはよく憶えていると言いたい。

とくに最後の一節はぼくの眼に焼きついた。長編小説をしめくくるために置かれた「ターミナル」の一言がどうしても忘れられなかった。タクシーに乗り込んだ、という前の文からいきなり次の台詞に移る呼吸、しかもそれが作品の結句であるという意表をついた手法。ぼくは『旅路の果て』を本棚にしまって二度と読み返しはしなかった。話の筋は年とともに少しずつ忘れていった。「ターミナル」という一言も当然、記憶から薄れていくはずだった。

ところが、ぼくはあるとき小説を書いていて思い出したのである。正確にいうと書き終ってから突然、気づいたのかもしれない。どちらとも言えない。『王様の結婚』という小説である。その4章の終りにぼくは「ターミナル」を翻訳して置いている。興味のある方はぜひとも読みくらべるためにタクシーを止めてください。

「書店へ」

（『翻訳の世界』九月）

一九八七年

あいかわらずの新年

あけましておめでとう。

いかがおすごしですか。こちらはあいかわらずです。大晦日も元旦もなく、季節も曜日もめりはりもなく、まいにち午過《ひるす》ぎに目覚めて夕方まで小説書きに精を出し夜は酒を飲んでくだをまいております。そんな生活がまる三年つづいて、今年で四年めに入ります。

昨年の暮にはのびのびになっていた新作の小説がようやく完成しました。二月には刊行の予定で、『恋を数えて』という題です。といっても、むろんぼくじしんの告白をつづった作品ではありません。いくつも数えられるほど、ぼくは恋に縁がない。誰がモデルというわけでもなくて、年齢がちょうど三十歳の水商売の女性が主人公です。佐世保の夜の街で拾いあつめたエピソードの中からも一つ二つ使ってあります。だてに飲み歩いているわけでもないのです。

今年はまたあらたに長編小説に取りかかります。何百枚になるか、いつ書き上がるかも未定です。その間に短編小説やエッセイの注文もこなさなければなりません。小説家になって友人や知人の数が増えたわりに、いつまでたっても小説の売れゆきはさっぱりなので、しばしば生活を雑誌の原稿料に頼るわけです。頼らざるを得ないわけです。新年そうそう世知辛い話で恐縮ですが、ほんとうに、小説家の暮らし向きは楽ではありません。ぼくの場合は小説家のうえに独り暮らしというせいもあってか、税金は情け容赦なく高いし、国民健康保険料もうんざりするほど払わされるし、交際費も取材費もかさみ過ぎるくらいかさむ。後の二つの出費の区別は微妙なところで重なっているけれど、主に夜の街で支払われます。酒を飲む金が取材費に入るのか、とおっしゃる方がたぶんいると思う。入るのです。現にぼくはスナック・バーに勤める女性を主人公にした小説を書いたのだから。その辺の事情は『恋を数えて』を買って、読んで、確認してください。ただ、取材費といっても、その名目で領収書をためて税金控除のために用いているわけではありませんから、念のため。要するに、ぼくが夜の街へ取材に出かけると言うと必ずうさんくさそうな眼付をする人々に対して、御説明を……というか言い訳をしているだけです。

さて。

今年の夏でぼくはもう三十二歳をむかえます。いい年して浮いた噂の一つもなく、机に向かってペンを握ることとカウンターに向かってグラスを傾けることしか能がないというのは、まったく情けない話だけれど、どちらも自分が好きでやっていることだからぶつぶつ言ってもはじまらない。あいかわらずあいかわらずとぼやきながらも、けっこうそんな生活に満足しているのかもしれません。満足しているからこそ、そんな生活が三年も四年もつづけられるのかもしれません。

しかし世の中にはぼくみたいに我慢強い、あるいは意気地のない男は少数派として存在しているようです。もっと男らしい多数派の彼らは、あいかわらずの日々に飽きたらず、次々に新しい変化を求めていく。たとえば、ここ三年のうちに高校時代の同級生たちはことごとく独り暮らしを投げうって、ぼくにその御祝いを要求しました。つまり結婚しました。転勤し、子供をつくり、浮気をして、離婚話でもめています。たまに会うと、きっとぼくを優しい大人びた眼で眺めて、いいかげんにしたらどうだ？ などという。しかしぼくには、彼らの暮らしぶりはあまりにめまぐるしすぎて真似ができそうにありません。

おそらく一九八七年にも、ぼくの生活に変化は起こらないと思います。あいかわらず机に向かい、カウンターに向かい、他人の噂話に耳を傾けながら一年は過ぎていくと思います。それでかまいません。ロマンスや喧嘩にしょっちゅう出くわす人間と、後から話だけを聞かされる人間と二通りあるのです。彼らは前者でぼくは後者です。離婚が本決まりになった友人から電話がかかったので、これから夜の街へ取材に出かけます。

（『長崎新聞』一月五日）

羊のカツレツ

羊の肉について書くために、一頭まるごと食べる必要はないけれど、カツレツ一枚だけは試してみるべきだ。と、小説家の心得をある英国人が述べています。最初にこの言葉を知ったときは、うまいことをいう、といった程度の感じ入り方で頭の隅に止めておいたのですが、いまでは肝に銘じている。まったくその通りだと唇を嚙んでいます。

デビューしてすぐ書いた作品に「青い傘」という短編小説があって、そのなかで主人公を路線バスに乗せた。とうぜんバスについてくわしく書かなければならない。自分ではじゅうぶん書きこんだつもりだったのですが、後になってから(それも単行本に収めてずいぶんたってから)、忘れ物に気づきました。車内広告に触れていなかったのです。バスは満員に近く、主人公は吊り革につかまっているという設定だったので、彼の眼がそこへいかないはずがない。おまけに彼は女性問題で悩んでいる。結婚式場の広告を持ち出せば、作品の効果もずいぶんあがるはずだった。にもかかわらずぼくは出不精で、小説のために一度でもバスに乗ってみることを億劫がったのです。

次に書いた作品に「王様の結婚」という中編小説があって、そのなかで主人公を男泣きさせた。とうぜん泣くことについてくわしく書かなければならない。これも自分では書きこんだつもりだったのですが、同じく後になってから、気づきました。鼻水を流させなかったのです。涙に鼻水は、バスに車内広告と同じように付き物なのを忘れていたのです。ぼくは不精せずに実際にいちど泣いてみるべきだった、とは言わないまでも、泣いている人間を観察すべきでした。

そういうわけで、二つの小説を合せて刊行された単行本『王様の結婚』にはいまでも、カツレツ二枚分の未練がこめられています。増刷の機会が得られれば、書き足して解消したいと考えているのですが、売れゆきはさっぱり伸びません。ひとつ御協力ねがえませんか。

（『週刊小説』一月）

追記

正直に言うと単行本『王様の結婚』は二度増刷された。文庫にも入っている。が、中身にはいっさい手を加えていないので、発表時のままである。

「王様の結婚」という小説については誰かに聞いてほしい逸話がたくさんある。その中の一つ。ある読者（二十代の女性）から手紙が届いて、女主人公の服装のセンスがなってない。女性誌を読んで勉強して下さいと書いてあった。問題にされている服装は、白と黒のチェック柄のスカートに、胴の部分が青で両腕が白のジャンパーというものである。スカートの方はまあしょうがないとしても、しかしジャンパーの色づかいについてはひとこと弁解したい。彼女が着ているスタジアム・ジャンパーはハイライトというタバコの箱と同じ色で出来ている。そして女主人公の恋人が喫うタバコはハイライトである。その点を頭に置いてもういちど「王様の結婚」の第5章のラストを読み返していただけませんか。それでもやっぱり趣味が悪いといわれれば、ぼくは黙って頭を垂れます。

（『犬』）

足かけ八年

大学を途中でやめて佐世保に戻って以来だから、競輪とのつきあいは足かけ八年になる。これが、たとえば女性と八年もつきあっていれば、たぶんもう何らかの結論が出ている頃だろう。辛い別れとか、幸せな結婚とか、離婚して子供の養育費で揉めているとか。しかし競輪については(当然)そんなことはない。何年つきあってもなさそうな気がする。

もちろんぼくは競輪が好きである。けれど、競輪の方はいったいぼくのことをどう思っているのかわからない。たまに好かれているなと感じるレースはあるけれど。他のほとんどのレースではにべもなく嫌われたり、ゴール寸前までの思わせぶりであったり、落胆ばかりさせられている。それでもなお通いつづけるのだから、よほど惚れているのである。競輪は意のままにならぬ女性に似ているし、しばしば大人げのない片思いに似ている。

八年の間にはいろんな出来事があった。

始まりは一目惚れからではない。大学時代までつきあいのあった競馬の面影を求めて足を運んだのである。運んでいるうちに、やっぱり違うなと思いながらも、ついなじんでしまった。だいたいがぼくは根がまじめにできているので、それからは競馬との縁をきっぱり切って競輪ひとすじである。浮気もしない。競艇も、オートレースも、遊んだことがない。麻雀も打たない、チンチロリンにも加わらない、宝くじも買わない。パチンコはたまにやったけれど、まああれは高校時代の同級生と久しぶりに会ってお茶を飲むようなもので、浮気に入らない。

佐世保競輪は土・日・月の三日間の開催が月に二度、その六日間はまず通った。朝の十時に家を出ることもあれば、午過ぎに出かけることもある。朝陽のあたる人気のまばらなスタンドで、一時間後に始まる第一レースの検討をしているときは、アルバイトでためた金でポケットがふくらんでいるのである。午後一時ごろ競輪場の門をくぐり、おでんの串を握って人ごみの中にまぎれているときは、そろそろまた別の臨時雇いの口を見つけなければと思っているのである。つまり、ぼくは賭けないでレースを見守ることができないたちだから、持ち金によって競輪場に着く時間が左右される。もちろん、朝から出かけて最終レースを待たずに帰らざるを得ない状態になったこともしばしばあるし、午後から始めて最終レースが終わったときには当分アルバイトをする必要がないという状態になっていたことも一、二度あるけれど。

そういう時期がしばらく続いて、ぼくは長編小説を書きはじめた。というとあまり突然に聞こえるけれど、そうではなくて、むろん前々から書きたいとは思っていたのである。競輪場で、書き出すきっかけをつかんだわけだ。どういうきっかけかというと、人違いにあった。どういう人違いかというと……これは小説のなかから引用する。

＊

「ずいぶん景気よさそうじゃない」

四十年配の男はそう言ってぼくの胸のあたりを手の甲で叩いた。鼻風邪をひいた女みたいな高い声だった。ぼくは相手の意図を測りかねて言葉をにごした。すると小男は笑いを押し殺したような表情になって、

「おれも……」

とふたたび甲高い声で言い、上着の内ポケットから札束を二つ折りにしたものを取り出して見せると、

「取ったよ、6―6。特券で十枚。嘘みたいだ」

たしかに一万円札は六十枚近くありそうだった。ぼくはぼくの十倍の幸運をつかん

だ男を見て意味もなく微笑んだ。男は笑い返した。顔を寄せてくる。囁き声で言う。

前歯が二本欠けていた。

「タカちゃんが捜してた。マスターも一緒に……」

(こいつ人違いをしている)

ぼくが気づくのとほとんど同時に小男が、

「あっ」

と短く叫んで顔色をかえた。

*

引用が長くて恐縮ですが、なにしろ原稿用紙にして七〇〇枚の小説なので、この部分だけでもあと半ページ分くらい続く。小説はぼくのデビュー作となった『永遠の1/2』である。

単行本が出版されたばかりのころ、いろんな人からあれは自分の経験を書いたのですかと質問されて、そのたびに、そうじゃない、違います、一つも経験は含まれていないと首を振ったのを憶えている。しかし、いまになって告白すると(別にたいした告白じゃないけれど)、実は一ヵ所だけ、競輪場での人違いの場面だけ、ぼくは自分の経験を書いていたのである。

たった一度の人違いが、ぼくの眠っていた想像力をかきたてた。ぼくはその日、家へまっすぐ帰らず文房具屋に寄り(たぶん最終レースを当てたのである。そうでない場合はポケットに十円玉しか残らないというタイプの競輪ファンだから)、五十枚つづりの原稿用紙を二冊と、五千円のパイロットの万年筆を買うことになる。予想では、百枚程度でかたがつく作品のはずだった。ひと月もあれば書き上がるにちがいない。カートリッジ式のインクも一箱でじゅうぶんのはずだった。

しかし予想というのは、たいがいはずれるものと相場が決まっている。あるいは大きくくい違う。『永遠の1/2』を完成させるために費やした原稿用紙は結局、三〇〇枚である。第一稿、第二稿、出版社に送るための最終稿と書き直すたびに枚数が増え、他に破り棄てたり丸めたりしたのを合わせると結局、五十枚つづり六十冊分になった。小説書きに要した時間は、これも大幅に予想がはずれ、まる二年である。第一稿までに十二ケ月、それから最終稿の七〇〇枚めのおしまいの句点を打つまでにもういちど四つの季節が巡っていた。入れ替えたインクは何箱だったか見当もつかない。

自分とそっくりな顔の人間が同じ街に住んでいて、そのために持ちあがる幾つもの事件を書きつづった長い物語は、こうしてようやく日のめを見ることになる。その頃の毎日をいま振り返ると、ひょっとしたら小説を書くことじたいが一つの博打ではなかったかと思われて仕方がない。もちろん当時はそんなことは考えていなかったはずだが、しかし二十代も後半にさしかかった男が職にも就かず、恋もせず、友だちにも変人扱いされながら、二年間をただ長編小説を書き上げるためだけに使ったのである。無職だから当然、親のすねをかじるのだが恥しいとも思わず、たまの息抜きに、祖母が坊主に与えるために仏壇に供えた布施の中から五千円札を抜き取って競輪へ行くのを疚《やま》しいとも感じず、七〇〇日を机に向かって暮らしつづけたのである。もし書き上げたとしても、誰に読んで貰えるあてもない。もし出版社に送ったとしても、新人賞に当たる確率は競輪場の予想屋の信頼度と同じくらい低い、はずれたらゼロだ。七〇〇枚の原稿はクズになり、七〇〇日の推敲はすべて無駄になるかもしれない。しかもその一か八かのために、二十分ほど予想紙をにらんで考えるのではなく、二年間、原稿用紙を見すえ頭を悩ませつづける。

これはやはり博打である。まちがいなく大きな賭けである。ぼくはそう考える。そう考えたい気がする。配当金がどれくらいのものだったかは、よくわからない。いまこれを書いている万年筆がパイロットではなくモンブランで(貰い物だが)五千円ではなく五万円もするので、十倍はついたと考えて一人で納得することもできるけれど、まあ、そんなことはどうでもいい。当たりは当たりである。本命だろうが大穴だろうが、佐世保競輪の八車立て優勝戦だろうが、競輪グランプリだろうが(悔しいことにぼくの経験では)、当たった喜びにそれほど変りはない。

小説家としてデビューしてからも、競輪場へは通いつづけた。ぼくは根がまじめなうえに辛抱強いのである。振られても袖にされても諦めない。そのせいで、『永遠の1／2』の印税は半分ほどはずれ車券に変わったし、その後の作品には必ずといっていいほど競輪の場面が出てくる。『王様の結婚』という二冊めの本の主人公は、高校時代から競輪場へ出入りしているという設定である。三冊めの『リボルバー』には、南から北へ旅しながら競輪場で道草をくう二人組が登場する。四冊めの『ビコーズ』の主人公も競輪好きだ。そして新作の『恋を数えて』と題する五冊めでは、女主人公の父親が死ぬまで競輪との縁を切れなかったという具合である。

ただ、ここ数ケ月は本がさっぱり売れなくてお金がないのと、めずらしく原稿の注文が多くて締切に追われているせいで、佐世保の四〇〇mバンクとも御無沙汰している。しかしそれも、どちらかの問題が解消されれば(できたら前者にして欲しいが)、また何枚かの札をポケットに入れて朝からか午後からか競輪場の門をくぐることになるだろう。足かけ八年もつづいてきた相手と、いまさらそう簡単に別れられるわけがない。

それから、最後に書いておくと、『永遠の1／2』の映画化が決まって、いま佐世保で撮影の真最中である。もちろん競輪場でのロケもある。小説を書き出すきっかけになった人違いの場面が、こんどは映像になるわけだ。競輪を扱った小説もそうだと言いたいが、映画はもっと貴重だと思う。今年の秋までには公開されるそうです。ファンの方はお見逃しのないように。

（『スリーエル』四月）

追記

いまさら別れられるわけがないと書いておきながら、すっかり別れてしまった。もう足かけ三年ほど御無沙汰である。昔の競輪仲間からは道で会うたびに白い眼で見られ、ろくに口もきいてもらえない。

（『犬』）

あとがきのあとがき(『恋を数えて』)

単行本のあとがきでも触れましたが、この小説の書き出しとしめくくりの一行はすでにメモをとる段階で決っていました。メモをとるというのはつまり、登場人物の生年月日や、体格や、口癖や、いろんな心覚えを書きつけておくのです。その作業が終ったあとで、いつもなら布団をかぶってウンウン唸ったり、ベランダに立ちつくしてぼんやり海を眺めたり(ぼくの部屋はビルの七階にあって佐世保港を見渡せる)、机に向ってハイライトを二箱ほどふかしたり、頭を掻きむしってフケを集めたり、あるいは風呂に入って夜の街へ出かけ酒の力を借りたりしながら書き出しの文句が浮んでくるのを待つのですが、『恋を数えて』の場合に限っては違いました。メモのいっとう最初に、ぼくは冒頭(にくるはず)の一文を記しました。こうです。

賭け事をする男とは一緒になるな、それが母の遺言でした。

次に最後(になるはず)の一句を並べました。こうです。

この秋には三十歳をむかえます。

二つとも、かつてぼくが実際に聞かされたある女性の台詞でした。ぼくは一つの台詞で始まり、一つの台詞で終る小説を書こうと企て、メモをとりかけ、他に書きつけるべき心覚えが何ひとつ思い浮ばないのを知って布団をかぶり、ベランダに立ちつくし、煙草をふかし、フケを落し、結局、夜の街と酒に助けを求めることになるのです。

＊

二つの印象的な台詞を吐いて消えてしまった女性についてぼくはほとんど何も知りません。もう三年も昔のことなので、彼女の顔もよく憶えていないし、名前さえ知らない。ただ、どうやら水商売の女性だったらしいということだけ確かなようです。これはぼくの勘です。彼女といちど会ったときぼくはしたたか酔っていたけれども、その点だけは動かない。だから、夜の街へ助けを求めて出かけたのは、あながち……友人やガールフレンドや編集者はうさんくさい眼つきをするけれど、あながちプライベートに酒を飲み若い女の子と仲良くなるためだけではなくて、小説の取材という意味もあったのです。

一ヵ月ほど取材をつづけたところで、十歳年下の女の子二人と親しくなりました。親しくなったというのはつまり、彼女たちが勤めている店がはねてから、もっと遅くまで開いている酒場へ一緒に飲みに行ったり、鮨屋や焼肉屋へ寄ったり、そのあと二人が共同で借りているマンションまでタクシーで送ったり、あがりこんで明け方までホラー映画のビデオを見たり、あるいは昼間、待ち合せて食事をし二人に浴衣と……そう、ちょうど季節は夏でした……帯と下駄と扇子を揃いで買ってやったりすることです。べつになんてことはない。と当時ガールフレンドは思わなかったけれどぼくは思う。かさんだ経費は編集者をおがみたおし、出版社からの印税の前借りをあてました。たいてい出版社は小説家の金遣いについて寛容です。それでも足りない分は市県民税を滞納してあてました。役所はどんな職業の人間の金遣いについても寛容ではないのでいまでも督促状が雨あられと……まあ、そんなことはどうでもいい。ともかく、彼女たちとのつきあいのおかげで、『恋を数えて』に脇役として登場するなつみとひろこという二人の女の子についてのメモが埋りました。

それからもう一つ、彼女たちには大きなヒントを貰った。ある晩、いつものように三人で飲んでいると(夜中の三時ごろです)、機嫌よく酔っぱらった一人が何か歌を口ずさみはじめました。同じように酔ったもう一人がすぐに加ってコーラスになる。なかなか書き出せない小説のことが気がかりであまり楽しく酔えないぼくは、彼女たちのジェスチャー入りの歌をしばらくぼんやり聴いていた。メロディーはオクラホマ・ミキサーのそれで、こんな文句です。

水の都の
ベニスをまわり
愛のローマ
花のパリ
スイスイすべって
しっとりロンドン
つやつや
お肌に
なりましょう

歌いながら、二人とも両手の指先を使って自分の頬を撫でるような仕草をしている。

コーラスが終り、にぎやかな笑声がおさまったあとで訊ねました。

「何かのおまじない？」

「テレビのコマーシャル」

「ん？」

「昔ね、流行《はや》ったの。中学のころ」

「テレビで？」

「仲間うちで。こうやって、顔をマッサージしながら歌うの」

「誰が」

「あたしたちよ」

「テレビは」

「テレビでもよ。真似たんだから」

「何のコマーシャル？」

「ねえ、酔ってるんじゃない？」

「誰が」

「あんたよ」

「なんで顔をマッサージするんだ?」

「だってマッサージ・クリームのCMだもの」

「なるほど、テレビのCMソングか」

「さっきからそう言ってるじゃない」

「誰が」

「すいません、お勘定して下さい」

考えはじめたのは、彼女たちを送って(か彼女たちに送られてかよく憶えていないけれど)、自分の部屋に戻り洋服を着たままベッドで二、三時間うたた寝をしたあとのことです。ひどく喉がかわいていたので台所へ行って水を飲んだ。煙草が欲しくなったのでまた寝室兼仕事部屋へ戻ろうとした。戻りながら、ぼくは自分がさっき教わったばかりのCMソングを口ずさんでいることに気づきました。そしてその瞬間(といえばあんまり恰好が良すぎて出来上がった作品が追いつかないような不安もありますが)、『恋を数えて』の女主人公の性格をつかんだと信じていた。勤めから帰ってシャワーで疲れをいやし化粧台の前でためいきをつき、マッサージ・クリームのキャップを開けている彼女の姿が、開けながらCMソングを低く呟くように歌っている彼女の姿が見えたと思った。

ぼくは机に向ってメモをとりはじめました。考えてみれば、というかぼくの取材によれば、水商売の女性と歌との縁は切り離せないほど深いものに思われる。カラオケがあります。有線放送があります。生演奏もあるかもしれない。彼女たちは一日中、歌につつまれて仕事をしているわけです。おそらくカラオケのなかに一曲はお得意の歌があるにちがいない。有線放送から流れる曲のなかに、バンドが演奏する曲のなかに、思い出や思い入れのある歌は幾つもあるにちがいない。こうして、ぼくはこれから書く小説のなかに、幾つかの歌を映画の挿入歌のようにはさもうと考えました。場面が変るごとに音楽が変るのです。女主人公の気持の揺れに従って歌が選ばれるのです。

しかし事はそううまくは運ばない。小説には映画とちがって残念ながら(ないしは当然ながら)音がないから。歌を直接、読者の耳に伝えることはできないわけです。どんなにいいメロディーの歌でも、描写力に欠けるぼくにできるのは歌詞を引用してみせることだけである。読者がそのメロディーを聴いたことがなければ、その歌詞は無味乾燥な言葉の羅列にすぎない、という歌が実際に幾つもあって、ぼくは歯がゆい思いを味わうことになります。

そうなると、メロディーに頼らずに言葉の力だけで立っている歌を採用しないわけにいかない。読者の眼に訴えてそれだけで音楽を感じさせる歌を作るか、捜すかしなければならない。ぼくは散文家です。捜しました。要するに現代詩や、短歌や、俳句に引用を求めたわけです。

*

ようやく話は核心に近づいて来ました。
いきなり言うと、『恋を数えて』というタイトルは堀口大學の『数へうた』をもじってつけたものです。

うそを数へて
ほんまどす

と始まるこの有名な詩を御存知ない方はいらっしゃらないと思うが、もしいらっしゃれば、すぐに本棚を調べて堀口大學詩集をめくりなおすか、書店へ走り『恋を数えて』(二ヵ所に引用あり)を買って確かめるしかないと思う。
『数へうた』のおしまいには註が付いていて「最後の一聯は、この詩が雑誌に出た時、佐藤春夫君が追加してくれた」とあります。それを読んで、喜ばない人はたぶんいないだろう。自分も同じ気持だと思うにちがいないからです。この詩を読めば、誰だって先を続けたくなるに決っている。ぼくもそうでした。だから、

したを数へて
エンマどす

と追加した佐藤春夫に(恐れ多いことですが)むこうをはって、

恋を数えて

と続けたわけです。あるいは女主人公の気持になって呟いてみたわけです。そしてそれをそのまま小説のタイトルに頂くことにした。恋を数えて、その後はいったいどうなるのか、それは小説をおしまいまで読んでもらわないと判らない仕掛けになっています。

最後に、堀口大學という詩人との出会いについて触れないわけにはいきませんが、

話は十年も昔にさかのぼって、思い出すだけでも気恥しさをおぼえるのでいまはやめておきます。ただ、小説の中に詩や短歌を暗唱するきざな男が登場して、おそらく読者を辟易させると思います。その男に、二十歳のぼくがいくらか投影されているかもしれない。彼の文学趣味は学生時代のぼくのものにほぼ近いとお考えいただいても差しつかえありません。

あとは女性の一人称をとったことについて、この小説の文体についても、もう少しくだくだ書きたい気持がありますが余白が足りません。もし『恋を数えて』が(初版発行部数よりも)多くの人に読まれ、関心を持たれ、御要請があれば、またいつでもこのての文章の御注文はうけたまわります。

(『本』五月)

追記

あまり多くの人には読まれず、関心も持たれず、要請もなかった。

(『犬』)

とにかく時代はかわりつつあるのだから
(『ボブ・ディラン全詩集』)

レコードといえばボブ・ディランばかり回していた時代があって、そのころ矢も楯もたまらず買ってしまった本である。十年以上も昔の話だから、まだウイスキーの味も知らず、競輪場に足を踏み入れたこともなく、ブラジャーのフックをはずしたこともなかった。十九歳。もちろん小説も書き出してはいない。ぼくはどこにでもいるおくての、面白味に欠ける大学生だった。

それから月日が流れ、この夏で三十二歳をむかえる。いまのぼくはどこにでもいる偏屈な、面白味に欠ける独り者である。プレイヤーを処分したのでもうレコードを聴くこともなく、毎晩のように水割のグラスを重ね、毎週のように競輪場へ通い、頼むからブラジャーをつけたまま布団に入らないでくれと苦笑しながら相手に文句を言うこともできる。

水割を飲むときはたいてい、周りで誰かがカラオケを歌っている。誰かが歌い終り、次の誰かが歌い始める前に何秒間かの静寂があって店内に有線放送の音楽が戻ってくる。たまにそれがボブ・ディランの「時代はかわる」であったり「ミスター・タンブリンマン」であったりする。誰も気にとめない。ぼくも何の反応も示さない。古いレコードのしまい場所を思い出すよりは、カウンターをはさんで立った若い女の子を口説くことの方が大切だからである。

「ボブ・ディランって知らないだろうな」

「知ってるわよ。知らないわけないじゃないの。なに言ってるのよ」

なんて会話はまず期待できないと思うからである。ひょっとしたら、カラオケを歌っている客の中にも、ぼくと同じことを考えている男がいるかもしれない。何秒間かの静寂に流れる曲を聴いて聴かないふりをし、ネクタイをもう少し余計にゆるめて「ワインレッドの心」や「愚か者」を歌い始めるのかもしれない。

『ボブ・ディラン全詩集』はいまでも本棚の眼につくところに並べてある。ただ、レコードを聴いたほどには熱心に読んだ記憶もなく、頁の癖も、虫の死骸も、コーヒーのしみも付いていない。だからこの本は、ぼくにとって卒業アルバムのようなものである。昔の友人たちとのつきあいが途絶えてしまっているように、彼の新しい曲に関心はうごかない。当時の彼らのことはいつまでも懐かしいけれど、ふだんは忘れている。

（『月刊カドカワ』七月）

追記

ブラジャーのフックをはずしたことがなかったというのは、むろん恋愛に縁がなかったという意味の比喩である。女性と一緒に寝たことがなかった、と素直に書く方法もないことはないけれど、それではあまりにも愛想がないし、小説家として芸の見せどころに欠ける。で、この句と対照的になっている、頼むからブラジャーをつけたまま……というのも同様にレトリックであって、実際にそういう女性との経験があるということでは必ずしもない。だから、ほんとにブラジャーしたまま寝る女がいるんですか、佐世保には？　と、このエッセイを依頼した若い編集者みたいに訊ねられてもぼくは困る。こんなこと四の五の書かなくてもみなさんにはおわかりかと思うけれども、念のため。

（『犬』）

電話と小説

東京から大まかにいうと(いわなくてもお判りだと思うけれど、念のため)南の方角に九州という島が浮んでいて、その西の端に(こちらはいわなければ御存知ない方が大勢いらっしゃると思う)佐世保という街がある。駅からほど近い場所に七階建てのビルが建っている。その七階にぼくは間借りしている。六畳の和室が二間に、八畳分の板張りの台所。二つの部屋の窓からは佐世保港が見渡せる。家賃が七万円。東京の編集者にいわせると格安だけれど、地元の友人にいわせれば非常に高い。ぼくも少し高いと思う。印税の入らない月には滞ることもある。しばしばある。まあ、そんなことはどうでもいい。和室の一方を仕事部屋兼寝室に使っている。つまり机と本棚とベッドが置いてある。机の右端にＮＴＴのハウディ・メモリーという電話機が載っている。ぼくは椅子にすわってペンを走らせている。電話が鳴る。そこから物語が始まる。ぼくじしんの生活も、ぼくが書く小説も。

だいたいがぼくは出不精だし、仕事が仕事だから部屋にこもりがちである。ほっとくと三日も四日も靴をはかない。食事は出前ですませる。外の空気はベランダに立てば潮の香りと一緒にじゅうぶん吸える。そんなふうだから、思いやりのある友人たちがしょっちゅう電話をかけてよこす。麻雀やらないか飲みにいかないか可愛い子がいるぞ。それでぼくは誘われると断れない性格だから腰を上げる。電話が鳴れば街へ出る。鳴らなければ机に向ったままだ。電話は、ぼくの一日の生活の鍵を握っているわけである。

ぼくが書く小説にとっても電話は欠かせない。これを読んでいらっしゃる方はおそらく一人も御存知ないと思うけれど、実はぼくは「机に向っていると電話が鳴り始めた」という書き出しで始まる短編小説をすでに三つも発表している(『女について』)。それくらい電話はぼくの小説にとって重要な小道具である。いまのところぼくは競輪好きの小説家で通っていて、作品の中に必ず競輪の場面が出てくるのでしばしば女性読者のヒンシュクを買うのだが(そしてこちらはヘソマガリなのでそのての抗議の手紙はもみ消していたのだが)、それでも新作の『童貞物語』の中にはついに競輪という文字さえ挿入できなかった。要するに、いくら好きでもヘソマガリでも小説に合わない小道具は使えないのである。

ところが電話はちがう。小説に合う合わないの話ではなく、どうしても必要である。

僕の場合もそうだけれど、いまどき電話なしで勤まる仕事などあり得ないし、続く友情も、実る恋愛も、見つける方がむずかしいと思う。考えてみれば、ぼくが書いた幾つかの長編と短編で電話の出てこない作品はただの一つもない。もっと考えれば、あらゆる小説家が書く、書いている小説で、電話に一言も触れていない作品はただの一つもないにちがいない。もちろん時代小説は別だけれど。ＳＦ小説の場合もたぶん別だろうけれど。

だからこう言い直した方がはやい。電話はぼくの小説にとって重要な小道具ではなく、現代を扱った小説を書くすべての小説家にとってそうである。彼らの一日の生活の鍵も、彼らの書く小説の主人公のそれも、おそらく電話が握っている。いまどき女がうまく書けたってどうということはない。電話が書けなければ電話が、と批評家はすでに呟いているかもしれない。

（『フォノン』七月）

彼らの旅

競輪場は全国五十カ所に散在する。つまり競輪場のある街が五十、日本中のあちらこちらに散らばっているわけだ。いちばん北が函館、南が熊本、東は平、西は佐世保。競輪選手はその五十カ所のいずれかに本拠地をかまえ、練習に励み、メイン・バンクでのレースにのぞんで地元のファンを喜ばせたりがっかりさせたりしたあと、残りの四十九の街へ遠征していく。旅は彼らの仕事の一つである。ぼくみたいに出不精な人間は競輪選手にはなれない。

どんなに名の売れた選手であろうと、北から南へ、西から東へ、彼らは一年じゅう旅をつづけている。われわれはスター中野浩一の年収を羨む前に、彼が地元にふんぞりかえっては金を稼げない点に注目すべきである。怪物滝沢正光の実績を容易《たやす》く評価する前に、もういちど彼の旅から旅への不安定な生活環境を考慮に入れるべきである。そのとき、毎日まいにち家族とともに食事をし、家族とともに眠る平安な生活を送っているわれわれは、彼らの背中に同情の眼ざしを向けるかもしれない。あるいは逆に、毎日まいにち家庭にしばられ、仕事に追われ、一つの街を離れることもままならないわれわれは、彼らの横顔を憧《あこが》れの眼で見るかもしれない。が、言うまでもなく、この相反する二つの気持は、矛盾しながら誰の心のなかにも生きている。ということは、むしろこう言い換えることができるだろう。われわれファンは競輪選手という職業に、競輪選手である彼らに、共感をおぼえているのだと。

そしてこのあたりから、選手ではなくファンの立場からの競輪場めぐりという発想が生れてくる。われわれの住む街へ遠征してくる(あるいは帰ってくる)選手を待つばかりではなく、その気になれば選手の後を追ってわれわれも街を出られるという考え方である。くり返すが、競輪場は全国五十カ所に散在する。選手の後を追うということは、すなわち日本中を旅して回ることである。われわれがもし歴史好きならば、それは同時に名所旧跡めぐりの旅にもなり得るだろう。温泉好きならば、ついでに全国の名湯をためす旅にもなるだろう。行く先の競輪場で当てれば金の心配もいらない。こうして、競輪場めぐりという旅は、ファンなら誰もが一度は心に抱く、夢の言葉になる。

しかし、残念ながらそれは旅というよりも漂泊に似ている。なぜなら、競輪選手は競輪選手でありつづける限り、旅を終えることができないからである。われわれは選手の後を追いつづける限り、終りのない旅につき合うことになる。そのためには、まず家族との縁を切って、仕事を捨てて、一人にならなければならない。妻子とともに囲むあたたかい食卓や、年に二回のボーナスを諦めなければならない。それができるか、とわれわれは自分に問いかける。競輪ファンならばおそらく月に一度は必ず問いかける。答は決まってNOである。

われわれはいまも、われわれの街にとどまって競輪場へ通いつづけている。レース前のひととき、スタンドにすわってスポーツ新聞を開き、他所の街でおこなわれている競輪の出走表をぼんやり眺める。いちども行ったことのない街。出張で何度か訪れたことのある街。そこで走っている選手たちへの共感を忘れたわけではない。漂泊への憧れを失ったわけではない。けれどわれわれは、われわれの街で競輪を楽しむ。競輪選手にとって旅は仕事の一つだ。彼らの旅は現実である。われわれが現実に戻るのは、競輪場を出た後のことになる。

（『サンデー毎日』九月）

傘にまつわる悔しい話

ちょうどいまから五年前ぼくは失業中で、職さがしを先へのばしながら長編小説を書きつづけていた。ある雨降りの晩、街のハンバーガー屋で夜食をとった帰りに、店先で傘を開こうとして横を見ると若い女性が立っている。つくねんと夜の街を眺めている。傘がないので動きがとれないという感じだった。

「どっちですか」

とぼくは気軽に声をかけた。彼女が歩き出したいと希望する方角を訊ねたのである。傘を持っている人間が持たない人間に、よろしかったらと申し出る。もよりの駅まで、バス停まで。当然だろう。しかし相手は振り向きもしなかった。耳が遠いのかもしれないと心配して、もういちど、

「入りませんか」

そう声をかけたとたん雨のなかへ駆け出していく。まるで逃げるように。ぼくは片手に傘を持ち、片手で無精髭を撫でながらまず思った。ぼくの人相風体が悪いせいで

はない。なぜなら彼女はぼくの顔さえ見ようとしなかったから。そのあとで悔しがった。どうして駆け出す前にひとこと、けっこうですと言ってくれないのだろう。どうして見知らぬ人間との会話を嫌うのだろう。ぼくは見知らぬ人間どうしが出会って喋るところから始まる物語を書きつづけていた。だから余計にこの夜の出来事が悔しかったのだと思う。後に『永遠の1／2』と題される長編小説のラストに添えたエピソードは、このときの悔しさがもとになっている。主人公と女子中学生が雨の日に出会って、一緒にハンバーガーを食べる話だ。つまりもっと若い世代の女の子たちに、ぼくは望みをつないだわけである。

ところが五年後(ということはつい最近)、再び悔しい雨の日が巡ってくる。こんどは立場が逆で、傘を忘れたのはぼくである。三十過ぎの小説家は市民プールの出口でつくねんと雨雲を見上げている。若い女性たちが次々に現われては色とりどりの傘を開き、無言で去っていく。なんべん期待をこめたまなざしで振り向いても、ことごとく無視される。ぼくは無精髭のない頬を撫でて思う。人相のせいではないだろう。身なりだってこざっぱりしている。彼女たちはあいかわらず見知らぬ人間との交渉を嫌っているのである。おそらく素敵な家族や友人や恋人に囲まれて、それで十分なのにちがいない。そのうえ知らない男と相々傘で、近くのバス停まで喋りながら歩くことはひどく面倒くさいにちがいない。

けっこうです。親しい人間とだけ口をきけばいい。親しい人間に紹介された身もとの確かな男とだけ相々傘で歩けばいい。しょうがないからぼくは、もっともっと若い世代の女の子たちに望みをつなぎながら、あいかわらず見知らぬ者どうしが出会って喋るところから始まる物語を書きつづけることにする。ただその前に、雨にうたれて歩いたせいでひいた風邪をなおさなければ。

（『Céfi』九月）

追記

前半と後半と二つのエピソードとも実話である。実話を生のまま書いているだけに読み返すとスキがめだつ。第一に、この文章の中のぼくは現実とフィクションとを混同している。第二に、自分のことだけを考えていて相手の気持を忖度《そんたく》する余裕がない。つまり、前半の部分では自分の示した親切が大きなお世話と紙一重であることに気づいていない。彼女はそのとき、一人でずっと雨の街を眺めていたい気分だったかもしれないのに。それを邪魔されて怒っただけかもしれないのに。それから第三に、ぼくは都合が良すぎる。後半の〝見知らぬ人間との交渉を嫌っている〟というのは冷静に考えれば自分じしんにもあてはまる気質である。というよりもむしろ、ぼくは普段その傾向の強い人間である。よほどのことがないかぎり（たとえば小説書きに熱中しすぎて現実とそうでないこととの見分けがつかなくなるような場合を除いて）他人に傘をさしかけたりはしない。

にもかかわらず、やはり、ここに書いた悔しさは真実である。要するにこう考えることができる。この悔しさは、ぼくじしんまでを含める現実に向けられた悔しさなのだと。そしてその現実に対する意趣返しとしてフィクションが生れつづけるのだと。

（『犬』）

もう一つの『永遠の1／2』

八月二十一日。午前四時過ぎまで佐世保の夜の街を飲み歩き、五時に帰宅、就寝。十一時ちょうどに電話でたたき起こされた。同じ市内の別の町に住む母がおそらく約束通りにかけてくれたのである。が、電話に出ると、着替えは持ったかとか切符は忘れてないかとか、監督さんに会ったらちゃんと挨拶するんだよとか、うるさく言われるのはわかっているので、呼び出し音が鳴るままにしてベッドを降り、シャワーを浴びる。バスタオルで頭を拭いながら寝室兼仕事部屋に戻ったときには、さすがに鳴りやんでいた。

十二時にアパートを出る。駅までは歩いて一分の距離である。売店でスポーツ新聞を買い、博多行の列車に乗り込む。PL学園と常総学院が勝ち上がり、ジャイアンツは桑田で負けていた。鳥栖《とす》駅で久大線に乗り換え。列車の窓から森林の緑を楽しみたい方はぜひこの路線に乗るといい。ただし夏休みの期間を避けてである。この時期は子供が隣にすわったり、団体の旅行客と乗り合せたりする危険性が高い。ぼくの場合は両方だった。足元に缶ジュースをこぼされ、周りでくじ引きや罰ゲームが始まると、もう窓の外の景観どころではなくなる。

午後四時、湯布院到着。もちろん疲れている。もともとぼくは出不精の旅行嫌いだし、どんな乗り物に乗っても酔うたちだ。しかしこの日は、今年で第十二回をむかえる湯布院映画祭に『永遠の1／2』が特別試写でかかることになっている。ぼくは原作者として招待を受け、実行委員会から親切に切符まで送ってもらったのである。しかも駅には委員会のメンバーが迎えに来てくれている。列車に酔ったなどとぼやいている場合ではない。

宿に案内されると、すでに東京から、監督どこで会っても居心地の悪そうな風情の根岸吉太郎、撮影いつ見てもたいてい帽子を被っている川上皓市の両氏が着いていて、部屋でビールを空けていた。ぼくの観察では、映画界の人間は暇さえあればアルコールを口にしたがる。その点、編集者や小説家と似ていないこともない。脚本その日が初対面の内田栄一氏、出演者代表なんべん見ても可憐な中嶋朋子《ともこ》嬢をまじえて夕食を御馳走になったあと、映画が上映される湯布院町中央公民館へ向った。

午後六時、いよいよ待ちに待った『永遠の1／2』の上映、の前に舞台に立って挨拶をして下さいと実行委員会から申し出がある。ため息をついて弱っていると、見か

ねたプロデューサーいつも気をつかって優しい声をかけてくれる三沢和子女史が、

「じつはぼくも映画『永遠の1／2』を見るのは初めてなのです。だから今日は皆さんと同じように試写を楽しみに気楽にここへやって来ました」

という感じで喋ったら？　とアドバイスしてくれた。三、四百人ほどの観客を前にその通りに喋った。監督が舞台挨拶をしめくくり、こんどこそいよいよ上映である。ゲスト席というのが設けられていてそこにすわる。右隣が中嶋朋子嬢。左が脚本家、その向うが監督。どうも試写を気楽に楽しめる位置どりではない。それに、だいたい公民館なんていうからぼくはうちの近所にある板張りの、ふだんはカラオケ教室かなにかに使われる小ぢんまりした一軒家を想像していたのだが、湯布院の中央公民館は三階建の堂々たる建物で、試写がおこなわれるホールの広さも客席の数も佐世保でいちばん大きな映画館のそれと変らない。ただ違うのは客席を埋める人間の数、数、数。佐世保なら四、五十人がせいぜいで前の椅子に足をかけて観るなんてしょっちゅうだが、湯布院は満員だからそういうわけにいかない。集まった映画好きの熱気にやや圧倒され、きちんと膝をそろえて腰かけながらぼくは考える。こんなに大勢のなかで映画を見るのはいつ以来だろう。答が出る前にホールの照明が落ち、予告のブザーもなく、咳払いも大あくびも聞こえず、静かに映画『永遠の1／2』が始まった。

しかし、そのあとのことについてはここでは触れない。もったいぶるようだけれど(枚数の都合もあるし)、原作者の余計な解説などなしにこの映画を(できれば)映画館で楽しんでいただきたいと思う。

ただ、一つだけぼくがおもしろくなかったことを書いておけば、湯布院では『永遠の1／2』というタイトルが、佐藤正午の書いた小説ではなくほとんど根岸吉太郎の撮った映画として通用していた事実である。その兆候はすでに佐世保で、撮影がおこなわれていた春頃から見られた。十一月に映画が封切られれば、当然もっと広く蔓延する恐れがある。これは小説家としてあんまりおもしろくない。もちろん、このぼくにとっていわばもう一つの『永遠の1／2』が、多くの人に支持されるのは他人事でなく嬉しいことだけれど、そのときを想像してなんとなく割りきれぬ気持になるのも本当である。ひょっとしたら、その割りきれなさは小説『永遠の1／2』の主人公が、自分と瓜二つの男の、つまりもう一人の自分の評判を耳にするときの面もちに通じているかもしれない。

(『青春と読書』十月)

追記

最初のパラグラフを除くと、あとはだいたい事実にもとづいている。創作部分の母と息子の関係は、この先、百年たっても滅びないのではないかと思われる類型で、たとえば『駅』という映画のなかでも高倉健が、母親役の北林谷栄から、ちゃんと挨拶しなきゃだめだよと言われてくさっていた。現実のぼくの母親は、息子から電話で起こしてくれと頼まれたことなど一度もない。

（『犬』）

映画〝永遠の1／2〟のパンフレット

むかしぼくは小説よりもむしろ映画好きの少年でした。断言しますが、十代のころは本屋をのぞく回数より映画館でポップコーンを食べる回数の方がきっと多かったと思う。映画雑誌を毎月、隅から隅まで読んでいた時期もあります。パンフレットをさかんに買い集めていたこともある。小説家の名前よりも映画監督や役者の名前を覚えるのが得意だった。そういう男が、どうしていま小説書きを仕事にしているのかと思うと不思議な気もしないではないけれど、まあ、その辺の話は別になります。

小説『永遠の1／2』はもともとがそういう経歴であるぼくのデビュー作です。だからその作品が映画化されて、しかも街の映画館にかかるというのは、なんというか、とても嬉しい。本が売れることの次くらいに嬉しい。考えただけで胸がおどるようです。

ぼくはたいていの映画ファンがそうであるように、暗がりのなかで映画を見ることじたいが好きなので、映画づくりに関してはほとんど興味を持ちません。そういう意味で、原作者という立場は、ぼくが映画に対して持つことのできる最も近い接点ではないかと思われます。というよりも、何らかのかたちでぼくが映画づくりに参加できるのはたぶんそこしかあり得ないでしょう。つまり映画『永遠の1／2』は、かつて映画少年だったぼくの夢に最も近い実現なのです。根岸吉太郎監督をはじめとするスタッフのみなさんに感謝の意を表します。

と頭を下げたところで原作者は退場すれば済みますが、そうはいかないのが実際に映画づくりにかかわった人々です。作品の評判が良ければ彼らの苦労は報われ、もし悪ければ責任を負うことになります。考えただけで胃が痛むようです。評判の良し悪しは、言うまでもなく、いまパンフレットを開いている(これから映画を御覧になるあなたの意見に左右されます。隣の席でポップコーンをかじっている男がいれば、それは気楽な原作者です。胃腸薬を飲んでいるのが映画のスタッフです。

(映画『永遠の1／2』パンフレット)

映画が街にやってきた

1

はじめまして。

これからしばらくおつきあい願います。

ほんとうは、幾つかの忘れられない映画を取りあげて書くつもりでいました。とくにアメリカ映画について。その思い出というか、それへの思い入れというか。最初の作品も決まっていた。

『明日に向って撃て!』

この一風変った西部劇のことを、何も御存知ない方はおそらくいらっしゃらないと思う。ガンマンの役を演じた二人の男優や、彼らに愛される教師役の女優の名や、映画とともにヒットした主題歌をたいていの人は思い出すにちがいない。もっとくわしい人なら、原題に用いられた実在のガンマンのフルネームや、あるいは監督名、作曲家名まで口にすることができるはずです。もちろんぼくもできる。

当時ぼくは中学生でした。長崎まで、友だちとふたりバスに乗って見に行ったのを憶えています。ひょっとしたら学校をサボったのかもしれない。ぼくたちは、長崎からバスで四、五十分の距離にある諫早という街の少年でした。長崎の映画館は混んでいたような気がする。しかしちっとも気にならなかった。ぼくたちもそしてたぶん他の観客も、ポール・ニューマンとロバート・レッドフォードが試みる列車強盗や、ボリビアへの逃避行や、キャサリン・ロスとの恋愛に夢中になっていたからです。あまりにも有名なこの映画のラストシーンに身も心も奪われ、十四歳の少年だったぼくが呆然としていると、明るくなった場内のどこかで、若い女性の興奮気味の声が聞こえました。

「ねえ、ねえもういっかい見よう、ね?」

友人にもその声は聞こえたのだと思います。ぼくたちは黙って顔を見合せ、それからうなずき合ってまた椅子に深くすわりなおしました。おかげで、夕方には諫早へ帰るつもりが夜中になって、友人の家でもぼくの家でもひと騒動もちあがることになったのです。

ほんとうはそのあたりの話から書き始めて、毎回ひとつひとつ思い出のアメリカ映画をたどっていくつもりでいました。ところが、今年に入って事情が変った。デビュー作の『永遠の1／2』（紹介が遅れました、ぼくは小説家で、著書が六冊あります）の映画化が決まったのです。しかも撮影はすべて地元（ぼくは現在佐世保という街に住んでいます）でおこなわれる。こうなるともう思い出の映画どころではない。劇場でポップコーンを食べながら、あるいは自宅のビデオでビールを飲みながら楽しんでいただけの映画が突然、現実として身近に迫ってくる。小説家としては、むかし見た映画の思い出話ではなく、いまおこなわれている撮影のエピソードの方へ関心が向かざるを得ない。

そういうわけで、この、今後どう進展していくか心もとない文章のタイトルは、念のためもういちど書きつけておくと、こうです。

映画が街にやってきた。

＊

なにしろ人口三十万足らずの狭い街だから噂が伝わるのは速い。どれくらい速いかというと、監督とプロデューサーと初めて会って食事をした日のあくる朝、いきなり枕もとの電話が鳴って、出てみると弾んだ声で母が、

「あんた、よかったね、おめでとう」

と言う。ちょっと説明しておくと、ぼくも母も同じ市内に住んでいるのだが、母は祖母と暮しているし、ぼくは一人でアパートを借りて住んでいる。枕もとに電話を置いて寝るのは、編集者からの電話がだいたい午過ぎにかかってくるので目覚し代りにちょうどいいのである。それに枕もとといっても、実際は机の端に電話は載っている。つまり部屋が狭いので机とベッドがくっつけて据えてあるわけだ。ぼくはまずいつも編集者に向ってそうするように、母にいま何時頃かと訊ねた。

「八時半、になったとこ」

「八時半？」

「あんた、ゆうべ映画の監督さんとスッポン鍋たべたんだって？」

「八時半!?」

「よかったねえ、映画の話が決まって」

「なんでぼくが朝の八時半に起きなきゃなんないんだよ、市役所の職員でもあるまいし」

「市役所の人はもっと早起きしてるよ」

「でも彼らは夕方の五時でぴしゃりと仕事が終るじゃないか、ぼくなんてゆうべは……スッポン鍋？」

ぼくはようやく眠気がさめて母の台詞が呑みこめてきた。

「どうしてそんなことまで知ってるんだよ、誰に聞いたの」

この質問に答えて母が言うには、ゆうべぼくたちが食事をした割烹料理屋で働いている女性の娘と、母の友人のいとこの近所に住んでいる女性の息子とが同じ高校に通っていて仲がいいそうである。要するに『永遠の1／2』の映画化の噂は一夜のうちに、割烹料理屋で働いている女性→その娘→そのボーイフレンド→その母→ぼくの母の友人のいとこ→母の友人→母、という経路で走り抜けたのだ。

「まだはっきり決まったわけじゃないよ」

「でもあんた……」

「とにかく、電話するなら午後からにしてよ。そういつも言ってるだろ？」

ぼくは誰にでもそういつも言ってるつもりでいたのだが、しかし母の電話が切れてまもなくまた電話が鳴り響いて、こんどは高校時代の同級生の声が、おめでとうと叫ぶ。

「やったね」

「…………」

それからはもう三十分おきに電話が鳴りっぱなしである。みんな母と似たような経路をたどって噂を聞きつけている。ただの噂でそのくらいだから、これが二週間ほど経って新聞の地方版の記事になると、とんでもない騒ぎになった。県内の別の市に住んでいる親戚からは、こんな名誉なことはいまだかってないなどといって興奮した大声の電話がかかる。もちろん朝の八時半ごろである。祝電も届く。花束も届いた。行きつけのクリーニング屋のおばさんは、新聞の切り抜きをぼくに見せたうえで小銭をまけてくれた。ドアチャイムが鳴るので出てみると、背広姿の男が立っていて自分は外車のセールスをしていると言い、名乗り、名刺を渡し、ぼくが何か言い返す前に鞄から『永遠の1／2』の文庫本を取り出してサインを頼んだ。再びドアチャイムの音で扉を開けると、若い女がふたり並んでいて、いまお忙しいですか？　と訊いた。明日が締切りだと答えると素直に帰ってくれたが、ぼくの「本は読んだことないんですけど、どんな顔の人かと思って」見に来たのだそうである。もちろんその間にも電話はしじゅう鳴っている。映画監督と主演の二人（根岸吉太郎、時任三郎、大竹しのぶ）のサインを貰ってくれとか、もし一緒に酒を飲むときは頼むから呼んでくれとか、うちの店に連れてきてくれとか、おまえ映画の原作料いくらもらった二千万くらいか？などという電話にいちいち応対していたら苛々がつのるばかりで仕事にならないから、受話器をはずしっぱなしにして机に向った。しかしなんとなく気持が浮わついてペンが進まない。しょうがないから夕方までふて寝して、それから酒を飲みに出かけた。スナックの扉を押すと、ふだんはそれほど愛想もないママや女の子たちが声をそろえて、

「あら！　いらっしゃい！」

「………」

「待ってたのよう、ねえすわってよここ、はやくすわってて っ」

という具合である。狭い街で小説を書いているとあんまり興味を示してくれないから考えものだが、その小説が映画化されるとあんまりひどく関心を持たれすぎるので考えものだ。

「ねえねえ、時任三郎に会った？」

「いや」

「もうこっちに来てるの？」

「今夜だって聞いてるけど」

「キャーッ、すてきどこに泊るのかしら」

「あたし大竹しのぶのサイン欲しい」

「あたしにもちょうだい」

「ちょうだいって、ぼくに頼んだってしょうがないよ」

「だって」

「ぼくは彼女のマネージャーじゃない」

「だって映画の原作を書いたんでしょう？」

「小説を書いたんだよ小説を」

「どうちがうのよ」

「ぼくは小説家で……」

「『永遠の1／2』の原作を書いたんでしょ？」

「…………」

「でしょう？　おなじことじゃない」

黙りこんで飲むしかない。五、六軒スナック・バーを回ったが、五、六軒とも同じようななりゆきである。悪酔いして明けがた部屋に戻り、翌日は頭痛をこらえて一日じゅう横になっていると、夜、プロデューサーが心配してわざわざ訪ねてきてくれた。ぼくは受話器をはずしたままなのをすっかり忘れていたのである。それがいよいよクランク・インという日の前夜だった。

2

クランク・インの当日は午前六時半に目がさめた。二月の末だからまだ外は薄暗い。まず部屋の灯りを点け、ストーブに火を入れ、くしゃみを一つしながらパジャマの上にセーターを着こんだ。テレビのスイッチを押し、ボリュームをふだんより上げ、台所へ立ってふだんより濃いめのコーヒーをわかす。こんな時刻に目ざめたからには、もう二度寝するわけにはいかない。

なぜこんな時刻に目ざめたかというと、前の晩に目ざまし時計を午前七時半にセットしていたからである。いつもぼくは目ざまし時計のベルが鳴る一時間前に目をさますことになっている。ベルの音があまりにもけたたましいので、なるべくなら聞かずにすませたいからだと思う。たぶん神経質なのである。それなら、時計を八時半にセットしておけば七時半に目ざめるはずだからちょうどいいじゃないかと思われるかもしれぬが、七時半に起きなければならないのに八時半に時計をセットするという行為は、どうしても理にかなわないから採用しづらい。それにいつもはベルが鳴る一時間前に目ざめるけれど、明日のことは明日になってみなければわからないという気持もとうぜん働く。ひょっとしてベルの音でとび起きることになるかもしれない。目ざまし時計はそのためにあるのだから。たぶん心配性なのである。

窓の外がすっかり明けてみると、細かい雪が舞っていた。寒いわけだ。コーヒーを飲みほしてから着替える。クランク・イン初日の雪というのは縁起がいいのだろうか悪いのだろうか。雨が降るよりましのような気もするが、晴れるにこしたことはないような気もする。映画界の事情は何もわからないから、あとでプロデューサーにでも訊ねてみなければ。八時半に、映画『永遠の１／２』製作スタッフが投宿しているホテルで落ち合って、監督と主演の二人と一緒に市役所へ行く手はずになっている。一ヶ月ほどかかって市内で全撮影がおこなわれるので、いちおう市長に挨拶しておいた方がいいそうである。そのあとスタッフ全員で市内の神社へ参拝し、御祓いをする。それから記者会見。この辺がずぼらな小説家にとってはなんとも七面倒くさいところだが、これだけつき合えばあとはもう何もしなくていいという約束なので、我慢して、早起きして、ふだんは着ないジャケットを着て、ふだんははかないスラックスと革靴をはくしかない。

八時二十分にホテルに着いた。だいたいぼくは待ち合せの時刻よりも十分前に着いて気を揉むたちである。だから女性と待ち合せると、たいていいつも四十分は待たされて、それでも笑顔をつくらなければならない。まあ、そんなことはどうでもいい。さすがにプロデューサーはその時刻にもうロビイにいて、きびきびと立ちまわり、若いスタッフやホテルのフロントにいろんな手配をしている。ぼくの顔を見るとすぐにとんで来て、

「おはようございます！」

とすこぶる元気がいい。ぼくは中年男の、午前八時二十分の潑剌さに圧倒されて、

「……どうも」

と頭を下げる。

「よく眠れました？」

「いや……」

「え!?」

「ええ、まあ」

「ああ、そりゃよかった。監督はまだなんですけど、もうじき降りてきますからちょっと待ってもらえます？　申し訳ない」

とプロデューサーは腰をかがめ片手でおがむ仕草をしたけれど、何も申し訳ないことはない。相手は根岸吉太郎監督である。新米の小説家みたいに十分も早く現われる

必要はない。主演の時任三郎や大竹しのぶと一緒に十分は遅く現われるべきだろう。それくらいでないと威厳がそこなわれる。もしぼくが監督なら二十分は遅刻したい。

そんなことを考えながらロビイの隅へ歩いて行き、観葉植物の陰になっているソファに腰をおろした。煙草に火をつけてから、ふと横を見ると、図体の大きな男が箱入りの林檎《りんご》ジュースをストローで吸いながらテレビの画面をぼんやり眺めている。ジャンパーにジーンズという恰好の男の横顔を、朝っぱらから林檎ジュースなんか吸いやがって、さえない野郎だなという感じでよくよく見たら時任三郎だった。

「あ……」

と思わずぼくが腰を浮かし、ストローをくわえたまま役者が怪訝《けげん》そうに振り向く。そこへちょうどプロデューサーが大竹しのぶをともなって現われ、ぼくを二人に紹介してくれた。むこうはにこやかに笑みを浮かべて挨拶するけれど、こちらは緊張して御辞儀をくりかえすだけである。大竹しのぶ女史と時任三郎氏の交す会話にうっとりと耳を傾けていると(ぼくは役者の生の顔を見るのも声を聞くのも初めてなのだ)、どうやら彼ら二人も初対面であるらしい。しかし、役者どうしは簡単にうちとけても、万年筆を持たない小説家は簡単に言葉が出てこない。間がもたないなと居心地の悪い思いを味わっていると、

「監督がみえました」

とプロデューサーの張りのある声が教えた。ぼくの腕時計は八時三十分ちょうどをさしている。映画界では、威厳よりも時間を守ることの方が大切なのである。市長に会って(わが街の市長は、いちばんの関心を女優に対して示したようにぼくの眼には見えた)、御祓いをすませ(すでに雪は止んでいたけれど、あまりの寒さに、神主が祝詞《のりと》をあげる間ぼくも両隣りのプロデューサーも監督もふるえるほどで、仰々しい文句に苦笑する余裕もなかった)、記者会見もぶじ終った(新聞とテレビの記者の質問は、風采のあがらぬ原作者を避けるかのように監督および主演の二人に集中した。気持はわからないでもない)。製作スタッフはそのまま最初の撮影現場へ向かう。ぼくはひとり別れてアパートに戻った。

これでやっと解放されたわけである。映画化決定の噂と新聞報道以来、にわかに身辺があわただしくなって仕事どころではなかったけれど、これでやっと小説家に戻って売れない作品をまたこつこつ書けるわけである。有難いことだ。そのためには、ウイスキーをひっかけひと眠りして英気をやしなうしかない。と、パジャマに着替えたところへ電話が鳴って、出てみると、

「なにしてるのよ」

行きつけのスナックの女の子がいきなり叱る。そっちこそ朝早くから何をしているのかと訊ねると、撮影現場にいるそうである。

「わざわざ早起きして来たのよ。せっかく原作者の顔でサインを頼んでもらおうと思ったのに。寝てる場合じゃないでしょ」

「自分で頼めよ」

「友だちの分も合わせて色紙を八枚も買ってきてるのよ」

「頼むときはサインペンも一緒に渡した方がいい」

「無責任ねえ。あなた映画の原作者でしょ？」

「小説家だ」

と、このてのやりとりにはもう食傷している。うんざりして、ふて寝を決めこんでいると、夕方の六時過ぎから電話がたてつづけに鳴り始めた。テレビのローカル・ニュースで、市長への挨拶や御祓いや記者会見の様子が流れたせいである。まっさきに電話をかけてきたのは母で、開口一番、

「見たわよ、ニュースにいま出たよ、あんたも」

「知ってるよ」

「可愛いわねえ、しのぶちゃん。お人形さんみたいで」

「知り合いみたいに言うなよ。テレビでいつも見てるだろ」

「見てるけど、あんたが隣に映《うつ》ってるのは初めてだから。じかに見たらもっと可愛いだろうねえ」

「まあね」

「あんな娘があんたのお嫁さんになってくれたら……」

「彼女はもう結婚して子供もいるよ」

「ねえ。くやしいねえ」

母のあとも、友人、高校時代の旧友、親戚、遠い親戚、見知らぬ人間、と相手が変るだけで電話の内容はみな一様にテレビ・ニュースに対する感想である。ぼくは彼らのすべてに無愛想に、しかし心ならずもいちいち几帳面に相づちを打ちながら吐息を洩らしつづける。身辺がおさまって、売れない小説家に戻れるのはもう少し先の話になりそうだ。

3

いよいよ映画『永遠の1／2』の撮影が始まって、多くの人々の関心はロケ隊の動きに集中したけれど、残念ながら、それで原作者の身辺のあわただしさがおさまったわけではなかった。というよりも、むしろいっそう状態は悪化したのである。

電話はあいかわらず朝から晩まで鳴りつづけた。それがどんな内容かというと、たとえば、女友だちからは、

「いまね、美容院に来てるんだけど、あなたの映画が話題になってるわよ」

という、朝の十時半から息をはずませているわりには他愛のない、こちらは寝ぼけた頭でためいきをつきたくなるようなものである。この手の電話がいちばん多い。場所はその都度(喫茶店とか、病院とか、市場とか、スナックとか)変るけれど、内容はどれも同じで、要するに誰かがどこかで映画の話をしているというだけだ。地元の新聞やテレビやラジオやミニコミ紙まで、こぞって宣伝してくれているのだから当然だろう。ぼくに言わせれば、もはやこの街で映画のロケのことを知らない人間の方が貴重なのだ。だからこういう電話に対しては(相手の好意はわかるけれども)ぼくは憮然として、

「いまね、次の映画の原作を書いてるところだから忙しいんだ」

と切ってしまうしかない。

それからたとえば、男友だちからは、

「なあ、おれの知り合いがおまえの映画にエキストラで出たがってるんだけど、コネでなんとかならないか？」

というのも連日かかってくる。知り合いというのは、よく聞いてみると決まってガールフレンドのことである。確かに、『永遠の1／2』制作本部という看板をかかげた事務所がこの街に設けられ、そこで大勢のエキストラを急募している。そのために地元のマスコミも協力してPRにつとめてくれているのである。ぼくに言わせれば、ないに等しいコネを求めるよりも直接、事務所へ応募する方が当然の早道なのだ。だからこういう電話に対しては(相手の熱意はわかるけれども)ぼくは毅然《きぜん》として、

「なあ、おまえの知り合いは気づいてないようだけど、実はあれはおれの映画じゃない」

「…………？」

「撮《と》るのも出るのも別の人間だ、そっちにあたってくれ」

と切ってしまうしかない。

それからまたたとえば、見知らぬ人間からは(どこで番号を聞いたのかわからないけれど)、

「あの、すいません、あたしファンなんですけど、時任三郎さんはどこに泊ってる

んですか？」

とか、

「いやあ、読ませていただきました、トワの1／2。じつに面白い。感動的です。ぜったい二作めを書いて小説家になるべきです」

とか、

「あのね、あんた作家さんでしょ？　うちの店を映画の撮影に使ってもらいたいんだけど監督さんに言ってみてくれない？　うち？　ラーメン屋。ギョーザもやってる」

とか、

「えーとですね、原作者を囲んで映画を語るハワイ・ツアーというのを企画いたしましたんですが、つきましては一度おめにかかってお話を」

とか、

「あのう、うちの高校の国語の先生が『永遠の1／2』の小説はつまんないから読むのは時間の無駄って言ってましたけど、どう思いますか？」

とか、

「……お願いします。どうしても女優になりたいんです。あたし真剣です。相談にのって下さい」

とか、

「よう、てめえか、この野郎。ちょっと映画で儲けたくらいでいい気になりやがって。会ったらただじゃおかねえぞ」

とか、年齢性別職業種々雑多、枚挙にいとまがないほどである。いちいちかまってはいられないけれど、部屋にいて仕事をしようとすれば電話に邪魔される。邪魔されながらも飯の種だから小説を書かないわけにはいかない。精神衛生上とても良くない。その良くないところを少しでもやわらげようと、ちょっと映画で儲けた金で夜、飲みに出かける。すると必ず、その店のママなり女の子なりが、カウンターに隣り合せた知らない客に向って、

「ほら、この人が――」

あの映画の原作を書いた、という感じでぼくを紹介してくれる。客の方も(知らないふりをするわけにもいかないのだろう)、

「ほう……」

そうだったのかという感じの眼付でぼくを見てくれる。そしてきっと(それが礼儀だと思うのだろう)サインを要求する。ぼくの方も、これ以上、いい気になりやがっ

てただじゃおかねえぞなどという電話は願い下げにしたいので、にこやかに笑って、言われるままに領収書の裏やメモ帳の切れ端にボールペンで署名し、へたくそですいませんなどと(事実そうなのだが)頭を下げる。いちど小説も読んでみて下さいと、いきがかりでつい頼んでしまう。客が訊ねる。

「本は、ふつうの本屋さんで売ってるの?」

「……はあ」

「そう。あんたが持ってるならいま買ってもいいけど」

「いやあ、ぼくは、売る方は……」

というふうな会話になる。とうぜん悪酔である。こんなふうに、地方の街でほとんど一夜にしてなまじっか名前だけ売れてしまうと、本当にろくなことがない。とここまで書いてきたことを、原稿の催促の電話をかけてきた編集者に説明し、ぼやいていたら、彼はこう言った。

「名前だけっていうけどね、実際、本も売れてます」

「まあ、それはそうですけど」

「小説家が有名になって悪いことはない」

「でも田舎ですから」

「そこに住んでるのはきみだ」

「…………」

「いいですか、映画の影響力というのはきみが考えている以上に大きい。本はもっと売れます。有名になれるときになっておくことです。むしろ割りきって、映画の力を利用することです」

＊

ときおり雪が舞ったり、雲間から陽が洩れたり、かといって冷たい風が止むわけでもなく、三月上旬にしては最悪の天候だった。じっと立っていると凍えてしまいそうなので、ぼくはズボンのポケットで両手を暖め、ジャンパーの肩をそびやかし、さかんに足踏みしながら撮影の様子を見守っていた。そばには地元のＮＨＫの記者が同じような恰好で立っている。その横ではテレビカメラを肩にのせた青年が（気の毒に）両手の暖をとることもできずに寒さをこらえている。他に見物人は二、三十人といったところだろうか。ぼくの予想よりは少ないけれど、ウィークデイの朝の十時だし、この天候でもある。熱心なファンがよくもこれだけ集まったという感じだろう。

ぼくたちが立っている所から二十メートルほど先に、急な坂道が見える。そこをさっきから一人の男が上ったり下ったりしている。主人公を演じる時任三郎君(べつに親しく口をきいたわけではないが年下なのでこう呼ぶ)である。彼とぼくたちのほぼ中間の位置に根岸吉太郎監督以下スタッフが陣取っている。NHKの記者が小脇にはさんでいたシナリオを見せてもらったところでは、場面の設定はこうである。坂道の途中に主人公のアパートがある。そこを訪れていた大竹しのぶさん演じる恋人が、機嫌を悪くしてとつぜん帰ると言いだし先に部屋を出る。時任三郎君がコートをはおって後を追う。外へ出たがすでに恋人の姿はない。主人公はあわてて坂道を駆けおりる。

監督が叫ぶ。本番いきます！　見物人が息を殺す。用意、はい！　サンダルをつっかけた主人公が坂道を走る。通りへ降りてきて恋人の姿を探す。OK！　もう一回いきます！　見物人の間からためいきが洩れる。本番はなぜか一回きりではないのである。しかも次の本番までの時間に急に陽が射してくる。濡れた坂道が乾いてしまう。すると前のカットと辻つまが合わなくなるので、この寒いのにわざわざホースで水が撒かれる。そうするうちに今度はまた雪が降り出し、止むまで撮影は中断しなければならない。そんなことのくり返しである。くり返しくり返しで一時間も二時間も同じシーンの撮影をつづけている。スタッフや役者や出番待ちのエキストラはもちろんたいへんだけれど、物好きな見物人もたいへんである。そのなかにまじってつくねんと立っている小説家も記者もカメラマンも同様である。

実は、編集者から電話で言われてみればもっともな忠告をうけた後、ちょうどNHKから取材の申し込みがあった。地元局のニュースの特集で扱いたいという。映画の宣伝にもなるしぼくの本の宣伝にもなるとむこうは強調する。ほんの三十分ほど仕事部屋で机に向っているところを撮り、ほんの十分ほどロケの現場につき合えばいいそうである。それでまちがいなく本は売れる。テレビの影響力はあなたが考えている以上に大きい。

という甘い言葉にのったのがまちがいだったと、いまぼくは冷たい風のふきすさぶなかに立って後悔している。撮影が一段落するまでテレビの取材はおこなえないのだ。

この後のいきさつは枚数がつきたので次回にゆずります。

4

NHKの地元局が映画〝永遠の1/2〟の撮影風景と監督および原作者のインタビューとを扱った特集は、夕方の六時台に放送された。特集といっても、ニュース番組の時間の中に組みこまれたほんの三分程度である。ということはどういうことかといえば、原作者が画面にうつる時間はせいぜい一分である。

そのせいぜい一分のために、狭い仕事部屋へ照明機具やカメラを持ちこまれ、汗をかきながらあれこれとインタビューの要領を教えられ、机に向って万年筆を握って下さいとか、原稿用紙の脇に『永遠の1／2』の単行本を置いて下さいとか、もう少しにこやかな顔ができませんかとか指示を受け、おまけに翌朝は十時にたたき起されて小雪の舞うなかを過酷な撮影現場に立合わされたわけである。そして二時間も待たされ鼻風邪をひいたあげくに、実際にはその朝の場面がどんなふうに放送されたかというと、インタビューをうける監督の脇に、髪の毛ぼさぼさの眠そうな顔をした原作者がひとことも喋らずにただつっ立っているというだけなのだ。

その日、ぼくはコタツに入ってティッシュ・ペイパーでさかんに鼻をかみながらテレビをながめ、ほんの少しイキドオリを感じずにはいられなかった。ほんの少ししか感じなかったのは、たぶん、NHKの記者もカメラマンも仕事熱心な好感の持てる青年たちだったからである。それでなかったら、雪の日の朝の十時になんてぼくは起きない。風邪をひいたのはぼくの身体が運動不足、ないしは気合不足のせいで抵抗力が弱まっていたからだろう。彼らだって同じ条件のもとで、白い息を吐きながらかじかむ指を暖めながら二時間つくねんと立っていたのである。ただ、彼らにとってはそれが仕事で、ぼくにとっての仕事はそのあと部屋に戻り風邪薬を飲んでから始まるという違いがあるだけなのだ。

ＮＨＫの記者とは、放送の日から二日置いて電話で話した。彼は二十代の後半で、ぼくよりも四つか五つ年下である。

「いかがです、ごらんになりました？」

「見たよ」

「それで？」

「あの朝の監督のインタビューのときは、もうすこしヘア・クリームをつけとくべきだったと思った」

「…………」

「それと、ぼくが仕事をするときいつも『永遠の1／2』の単行本を脇に置いてると勘ちがいされるのも困るな」

「…………」

「それからぼくがマイクを向けられてにやけてるのは……」

「反響の方はどうです」

「知らない」

「は？」

「番組が終ったあと電話は鳴りっぱなしみたいだった。でも、テレビや新聞が映画のことを扱った日の電話はもう出ないことに決めてるから」

「なるほど。それでおとついの晩はかけてもつながらなかったわけだ」

「風邪をひいて具合が悪かったこともあるけどね」

「また夜遊びしたんでしょう」

「…………」

「番組はおおむね好評です。きっと本も売れますよ。印税が入ったらいちど酒をおごって下さい」

＊

結局このＮＨＫの取材が、ぼくが映画の撮影現場に立ち合う唯一の機会になった。もともとぼくは映画を見るのは好きだけれど映画づくりにはそれほど興味を持てないのである。作品を生み出す苦労につき合うのは小説だけで十分だ。それに出無精な人間だし、風邪に対する抵抗力も足りないし、仕事がたまっていることもある。スタッフの方からは何度も親切な誘いをうけたけれど、どうしても足を運ぶ気になれなかった。

だから、この街での四十日間におよぶ撮影の様子をぼくはほとんど何も知らない。全撮影がぶじに終了し（おそらくいろんな苦労の末にひとまずぶじに終了し）、最後の日に打ち上げのパーティがおこなわれたときも、ちょうど小説の締切りが二つ重なって苛々している頃だったので欠席させてもらったくらいだ。

映画の撮影を祭りにたとえるとすれば、ぼくがこれまで書いてきたことは、その準備にともなう軽い興奮につつまれたこの街の様子である。そして祭りの期間中、ぼくは一人で部屋にとじこもって苛々しながら小説を書いていた。つまりぼくは祭りには参加しなかったわけだ。このあとに書くのは、祭りのあとの静けさ、というか撮影隊が東京へ戻ったあとの後日談みたいなものである。

＊

「やっと終りましたね」

とＮＨＫの記者が言って水割のグラスを持ち上げた。ぼくは自分のグラスを軽く合せて、

「うん」

と一言もっともらしくうなずいてみせる。べつに自分が何をやったわけでもないが、彼にそう言われてみれば本当にそんな気分になる。やっと終った。

「名前は覚えられるし、本も売れるし、女の子にももてて、原作者としてはいいことずくめだったじゃないですか」

「まあね」

とぼくは呟き、カウンターを隔てて前に立っている女の子に眼をやった。確かに、映画のおかげでぼくの名前はこの街では有名になった。本も多少売れた。女の子にもてるかどうかは、あとで彼女に自宅の電話番号を訊ねてみないとわからないけれど。

「これで仕事がはかどればいうことはない」

「うまくいかないんですか？」

「たまってるんだ。何かおもしろい話がないかな」

「噂話ならいくつかあります。あれだけ大勢のスタッフが一ケ月以上もこの街に泊ってたわけですから。まあ、ほとんどが根も葉もないでたらめでしょうけれど。なかには時任三郎があるスナックのママに求婚して断られたなんていうのまであって」

ぼくは鼻を鳴らした。女の子が笑いころげた。

「もっとまともなのはないの？」

「原作者に関する噂も二つほど」

「……どんな？」

「麻雀をしたでしょう。主人公の父親役で出演した映画監督と」

「藤田敏八」

「そう。プロデューサーも一緒でしたか」

「くわしいね。それで？」

「身ぐるみはがれて、それ以来、撮影現場に寄りつかなくなった」

「…………」

「どうです」

「ほんとなの？」

と女の子が尋ねた。ぼくはうなずいた。

「前半の部分はね。かなりそれに近い負け方だった」

自慢ではないがぼくは昔からパチンコと麻雀で勝ったためしがないのである。

「もう一つの噂は？」

「原作者の人柄についての評判なんですが」

「とうぜん悪いんだろうね」

「ただのネクラだそうです」

「…………」

「あたしもそれは聞いた」

と女の子が言った。ぼくはため息をついた。

「誰から」

「撮影隊の人たちが通ってたスナックにあたしの友だちが勤めてるの」

「……まあ、しょうがないかな、当ってるから」

「そうですよ、しょうがないですよ」と記者が同意した。

「こんな小さな街だから噂が走るのは止めようがない。どうしようもないです。でも噂だからそのうち消えてしまいます」

「そのうちね」

「すぐよ。そんな噂なんか関係ないじゃない。みんな映画が出来あがるのを楽しみにしてるんだから、それまでの退屈しのぎみたいなものよ」

「一緒に見に行くかい？」

「あたしと？」

「他に誰も誘う子がいないんだ」

「あら、ネクラのくせにガール・フレンドが三人も四人もいるって噂よ」

「…………」

「その噂も確かに聞いてます」

と記者が言った。

＊

そして七ケ月後、映画がふたたび街にやってきた。こんどは完成した作品として、この街の映画館に。実はぼくも今夜、見てきたばかりである。もちろん一人でだ。上映初日のせいもあって客席は満員だった。スクリーンに写し出される場所にはみんななじみが深いので、場面が変るたびに、あれはあそこだとかこれはあの店だとか客席から声があがる。エキストラについても、あの人はあたしの友だちだとか、親戚だとか、どこかで見たことのある人だとか……。普通とは一風変った映画の楽しみ方で、うるさく思う人もなかにはいたかもしれない。しかし、ぼくにはそれらの声はちっとも気にならなかった。むしろ客席のにぎやかさは『永遠の1／2』という映画を引きたてていたような気さえする。少なくともこの街ではそうだろう。四十日間にわたる撮影はいわば祭りだったのだから、いまでもこの街の映画館の中にはその余韻が漂っているのである。

（日機装株式会社広報誌『BRIGHT』三月、六月、九月、十二月）

追記

佐世保市の人口は二十五万足らずである。だからこの連載エッセイは、〝なにしろ人口三十万足らずの……〟と書き出したところから、毎度おなじみの西海市（架空の地方都市）を舞台にした小説と思って読んでいただいた方がいい。ただし、小説にしてはところどころ、あまりにも無造作に事実そのままを記した部分もある。

（『犬』）

一九八八年

一九八八年

まず短編小説集を二冊出します。出しますといっても、実際にそれを決定するのは出版社なので確約はできませんが、たぶんそういう運びになると思います。つまり予定です。もし実現すれば、先に出た方がぼくにとって初めての短編集になる。すでにデビューして五年めに入りました。その間に発表した短編小説が、およそ単行本二冊分たまったわけです。佐藤正午がそんなに短編を書いていたのかと驚くかたが万が一、いらっしゃればお答えします。そんなに書いていたのです。佐世保に住んでいても注文はきます。

それから、書きおろしの長編小説も出版される予定です。これが秋頃までの仕事の中心を占めることになります。一九八六年に出た『ビコーズ』の前編にあたる作品で、なぜ前編の方があとから出るのかというと、後編の評判が良かったからです。売れゆきがかならずしも良かったわけではありませんが、読者の手紙が他の作品のときと比べて多かったのです。おまえは読者の評判に左右されて次の作品に取りかかるのか、とおっしゃるかたがきっといらっしゃると思うのでお答えします。左右されて取りかかるのです。出版社がそれを支持します。

最後に、いま『月刊カドカワ』という雑誌に連載中の小説が、無事に終われば一冊にまとめられる予定です。「個人教授」というタイトルですが、お読みになるのは単行本になってからでも遅くありません。『月刊カドカワ』は毎月買ってるけど「個人教授」の連載は知らないというかたがたぶんいらっしゃると思うのでお答えしておきます。それでけっこうです。めだたなくても原稿料は支払うという約束になっています。

さて、こう書いてみると一九八八年には四冊の単行本が刊行されることになります。すなわち印税が四冊分です。もちろんそのためには机に向って唸る時間も増えるわけですが、ぼくにとっての一九八八年はどうやらいい年になりそうな予感がします。

（『週刊就職情報』一月）

追記

予感はあんまりあてにならない。一九八八年は結局、短編集が一冊と、ようやく年の暮に『個人教授』が刊行されて終った。

（『犬』）

坂道と恋愛

まず擂鉢《すりばち》を一つ思い浮べる。擂鉢のイメージは各人によって様々だろうがこだわらない。おおまかでいい。要は基本的な形状である。思い浮べたらそれを半分に割る。これもだいたいでいい。どうやって擂鉢を半分に割るのかというような理屈は脇へ置いて、とにかく割ったところを想像してもらう。

ぼくがいま住んでいる街の中心は、半分になった擂鉢の底の部分にあたる。消えて失くなった側は海だ。街は残った側を這い上がるように広がっている。つまり山へ向って進出している。ということは当然、ぼくがいま住んでいる街には坂道が多い。

街の中心部は狭く、平坦である。駅があり、港があり、市庁舎があり、学校があり、繁華街があり、いろんな業種のビルが建ち並び、大きな道路が一本貫いている。それでほとんどいっぱいだから、人の住む家は山の方へはみ出してしまう。たいていの民家は坂道の途中にあるといっても大げさではない。人々は毎日、坂を下りて出かけ、また坂を上って家へ戻ることをくり返している。この街の人間はおしなべて健脚である。もしくは車持ちである。そうでないのは部屋にこもりがちの小説家くらいのものだ。

しかしぼくも小説書きを仕事にする以前は、毎朝毎晩、坂道とつきあっていた。六、七年前にホテルのフロント係をつとめていたことがある。仕事場までは歩いて行きが十五分、帰りが二十五分ほどの距離だったから、背広の上下にバスケット・シューズを履いて通った。帰りはちょっとしたハイキングなので革靴は似合わない。かといってバスケット・シューズを履いてフロントに立つわけにもいかないので、控室で履きかえることになる。仕事帰りにデイトなんていう色っぽい話とは縁がなかったからそれでよかった。ちょうどデビュー作の長編小説を書き始めた頃で、坂を下るときも上るときもそのことばかり考えていたような気がする。

当時の経験でいえば、小説のアイデアが浮ぶのは坂道を下っているときである。とんとんとんと爪先に重心をかけて足を運んでいるとリズム感が生じる。そのリズムにうながされたようにふいに思いもかけぬアイデアが浮ぶ。立ち止って眼下に広がる海を眺める。これは使えると感じる。そしてまたとんとんとんと下っていく。下り坂は軽快である。上りは息切れがして足どりも重くなる。アイデアの検討に入って、どんなふうに使えば生かせるか、ああでもないこうでもないと頭を悩ませながら上っていく。毎日がそのくり返しだった。

もちろん、坂道をそんなふうに味気なく利用しているこの街の若者は数が少ない。たとえばぼくの友人たちにしても、もっと実のある目的のために昔から坂を上ったり下ったりしている。ぼくには縁の薄い話だからよくわからないけれど、彼らの話を総合すると、どうやら上り坂は恋愛の初期に向いているようである。これは考えてみれば当然だろう。はじめに言ったように、この街の民家はたいてい坂の途中に建てられている。門限のあるガールフレンドを送っていくためにはどうしても(時間を気にしながら、ゆっくり)坂道を二人で上っていかなければならない。これがもし下り坂なら、とんとんとんであっというまに着いてしまって、きっと物足りないにちがいない。ちなみに門限のないガールフレンドの場合は、そういう女性がいたとしたら、彼女との恋愛は避けた方が賢明だというのが彼らの意見である。

反対に下り坂は恋愛の末期に向いているようだ。つまり別れに似合う。これはどういうことかというと、ある友人の経験談を紹介する。

彼と彼女の交際はおよそ二年つづいた。そのあと二人は別れて、彼女は見合い結婚をし、彼は新しい恋人を見つけた。よくある話だ。新しい彼女も二年後にはまた見合い結婚をするだろう。彼女たちと見合い結婚をする男だけがいつもいい迷惑をする。

それから何年か過ぎて、つい最近、彼女から彼のところへとつぜん電話がかかってきた。別に用事があるわけではない。話は自然に当時の思い出に移って、彼女が、あの坂道を憶えているかと訊ねた。彼は憶えていた。別れの日、二人はいつも利用していたホテルで会ったのだ。ホテルは丘の上にあった。ちょうど彼の車が使えないときだったのでバスで上ったのだが、帰りがけに彼女が歩きたいと言い出した。夏の終りで、まだ陽が高かった。左手に海が見え隠れするまがりくねった坂道を、二人は三十分もかけて歩いた。彼女は道端にミミズがたくさん死んでいたことをいまでも憶えていた。彼は、早く下へ着いて別々のバスに乗り一人になりたいとそればかり考えていたことを思い出した。彼女はあの坂道がいちばんの思い出よと言って話をしめくくった。彼も、もう昔のことなので笑って同意し、下り坂だったからよかったんだと付け加えた。あれが上りだったら、二人とも途中でへこたれて喘いでいたかもしれない。するど、屈託なさそうに笑い声をあげて人妻は答えたそうである。本当ね、もう上るのはいやだって、あたし坐りこんでだだをこねたかもしれないわ。(『すばる』二月)

追記

ぼくが勤めていたホテルの社長は、ぼくが背広姿にバスケット・シューズで通勤し仕事の前に革靴に履き替えるのを見て、つねづね、「おまえみたいな変人もちょっといない」というふうな台詞を口にしていた。ところが、それから十年たったある夜、テレビでニュース・ステーションを見ていたら、ニューヨークで働く女性たちの間では、足の指の変型を防ぐためジョギング・シューズで通勤し、仕事場でパンプスに履き替えるのが流行のスタイルだということだった。やはり合理性は性別および洋の東西を問わず求められる所では求められるのである。で、社長がもしその番組を見ていたら何と思っただろうか、とやや自慢気にかつての同僚に電話で喋ってみたところ、あの社長がおまえのことなんか憶えてるもんか、とあっさり言い返された。

（『犬』）

言葉づかいと恋愛

動詞の連用形をそのままそれだけ使って淡い命令の意を伝える語法がある。たとえば、飲むという動詞の場合だと、

「飲み」

と用い、歌うという動詞なら、

「歌い」

と用いる。発音は、のみよりものみいに、うたいよりもうたいいにやや近い。

この語法はぼくが住んでいる街の（長崎県佐世保市）、水商売に従事している若い女性において顕著にみられる。もちろん、他所の街にも似たような表現法が存在するに違いないし、ぼくが住んでいる街の水商売に従事していないそして若くない女性たちもときどき使っているかもしれないけれど、そこまでは視野に入れない。酒好きの独り者の小説家の観察は（タイトルに沿って）、交際範囲内の女性たちにのみとどまる。

さて、ぼくはバーのカウンターで水割りを飲んでいる。しかしグラスをもてあそぶ

ばかりで今夜はなんとなく調子があがらない。その様子を見て、前に立った女の子が、どうかしたの？と訊ねる。どうもしないよとぼくが答える。すると女の子がにっこり微笑んで、「飲み」と勧めることになる。ニュアンスからいえば、飲みなさいという命令の意はむろん含まれてはいるけれども、かなり薄まっていて、それよりもむしろ、飲んでちょうだい(依頼)、飲んで欲しいわ(願望)、一緒に飲もうよ(勧誘)といった感じの方が強い。つまり「飲み」という言葉は、淡い命令をベースにした親しみのカクテルなのだといえる。味は甘くて女性向きだ。

しかし必ずしも男性がそれを口にできないわけではない。立場が逆で、女の子の元気がないときに、ぼくの方から冗談ぽく「飲み」と言って彼女を笑わせることもできる。そして最初は冗談で使っていた言葉が、しだいに習慣になっていくという事態もじゅうぶん起り得る。もともと強い命令形の言葉を好まない気の優しいタイプの男性にとっては、彼女たちの言葉づかいは非常に便利で使いやすいのである。いつのまにか、酒を「飲み」とかカラオケを「歌い」とかいう文句を自分のものにしてしまう。酒場を離れてふだんの生活の場でも、女性に向ってたとえば電話しろと言うところを「電話し」、泊りに来いと言うところを「泊りに来《き》」、過去の失敗など忘れろと言うところを「忘れり」(下一段活用の動詞の場合は例外で、連用形に必ず〝り〟という語尾がつく。食べり、寝り、数えり等）などとつい口にしてしまう。

悲劇はそこから起る。なぜなら世の中には（というかぼくの周りには）男の命令口調を望む女性が大勢いるからである。それも最初からそうではなくいざというときに、彼女たちは男っぽい命令形の言葉を欲しがる。しかしぼくの言葉つきはすでに習慣になっていて臨機応変というわけにはいかない。だから肝心なところでつまずき、決して恋愛は実らない。彼女たちはいつも、命令形でぐいぐい引っぱってくれる誰か別の男のもとへ去ってしまう。ぼくはその背中に向って一人呟くだけである。好きにし。

（『言語生活』二月）

女について　1

女性には二通りある。というかぼくの狭い交際範囲のなかで言えば、女性を二通りに分けることができる。ぼくが書く小説をよく読んでくれる女性と、あんまり読んでくれない女性と。前者はたいてい東京およびその近郊に住んでいて、既婚で子供が一人か二人いて、ぼくの学生時代の同級生である。後者はぼくと同じ街に暮していて、未婚で酒場に勤めていて、ぼくよりも確実に十歳は年下である。一方を人妻グループと呼び、もう一方を水商売グループと呼んでいる。それ以外のグループに属する女性とのつきあいはほとんどない。

人妻グループの何人かは、新しい本が出るたびに電話をかけてきたり、葉書をよこしたりする。その内容は常に批判的である。おまけにずけずけものを言う。

「またつまんない小説を出したわね」

という文句は序の口で、

「こんどのは装丁がいいからちょっとは売れるんじゃない？」

とか、

「あなたの書くベッド・シーンを読んでもちっとも濡れないのはどうしてなのかしら」

とかいう皮肉はおてのもので、

「もう少し世界を広げて経験をつんでから書いたら?」

などと助言までしてくれる。こちらの機嫌のいいときはそれを黙って聞くことにしている。葉書も微笑しながら読み終えて抽出にしまう。彼女たちに言わせれば、小学校時代のぼくは勉強だけしかできない生意気な子供で、中学校時代は野球しか知らないうぶな少年で、高校時代は陰気で内気なひねくれ者だったそうである。そしてどうやらそのイメージのまま、いまのぼくを見つづけているようなふしが感じられる。要するに一人前の男として、あるいはまともな小説家として扱ってもらえない。三十二になって結婚もしていない同級生が何をどう言い返したところで、彼女たちはびくともしないのだ。

しかし機嫌のわるいときは、最初から相手にならないことにしている。仕事中だからと断って電話は即座に切る。届いた葉書は斜め読みして、台所のテーブルの上へでも放っておく。それから夜の街へうさばらしに出かける。

水商売グループの女の子たちは、ぼくの小説を読まないから批判もしない。新刊が出たばかりの頃なら、

「見たわよ、本屋さんで」

くらいは言ってくれるけれど、文字通り手に取ってみるだけだ。気が楽な分だけ張り合いがないが、文句も言えない。世の中にはぼくの小説より他に読むべき本がいくらでもある。

彼女たちとはカウンターをはさんで酒を飲む。店がはねてから他所へまわり、隣り合せて飲むこともある。彼女たちはおしなべて話し上手である。話が筋道立っていてわかりやすいというのでは決してないが、細かい場面の描写がうまい。たとえば恋人と別れるきっかけになった小さな事件。その事件のあらましはぼくにとって小説の材料になる。しかし彼女たちはそれ以上のものを語りたがる。そのとき男のネクタイがどう曲がっていて笑顔がどうだったとか、自分の気持はこんなふうで次にこう変ったとか。つまり小説の材料をぼくに料理させてはくれない。彼女たちのお喋り自体が小説に似すぎているのである。

そういうわけで、言い直すとぼくの周りには二通りの女性がいる。ぼくの小説を読んで批判するグループと、ぼくに向って自分じしんの小説を喋ってくれるグループと。

くりかえすが、それ以外の女性をぼくはいまのところ知らない。

(『とらばーゆ』二月)

女について 2

女について、というのは実は四月に刊行される短編小説集の表題である。四〇〇字詰原稿用紙で三〇枚前後の小説が七つ収まることになる。短編集のタイトルにしてはちょっと仰々しいような気もするけれど、七つの作品のなかでは文字通り、主人公(男)が女について語ったり友人と語り合ったりすることになっているのでしょうがない。女性が集って男の噂をするように、男性側も友人どうしで酒を飲みながら女について語る。あるいは一人で飲みながら女について考える。

ただし、女についてといってもこれは女性一般についてという意味ではない。七つの作品の主人公たちは酒を飲みながら、かつて出会ったなかで印象に残る女について友人と語り合ったり、別れた恋人のことを一人で思い出したりする。つまり、ある特定の女についてという意味だ。男たちはいくら酒を飲んでも、女性一般について何らかの結論を引き出すことはできない。自分たちが知っているあ、の、女、に、つ、い、て、眼をみはったり首をひねったり吐息をもらしたりするだけである。

たとえば「走る女」という作品がある。そのなかで主人公が思い出すのは、誠実で、気持がやさしくて、要領の悪い女の子のことである。彼女はいつもいっしょうけんめいだから走るのだ。走るけれども待ち合わせにはかならず遅れてしまう。肝心なところで失敗するから、彼女の誠実さは相手になかなか伝わらない。周囲の人間からはちょっと間が抜けた女の子として扱われる。彼女は見方によっては可愛い。しかしその可愛さは恋愛には向いていない。

それからたとえば「糸切歯」という作品がある。これは男の嘘を長いあいだ信じつづけている女の話である。彼女じしんも男に対して嘘をついたり、隠し事をしたりする。そのせいで男は悩み、彼女にふりまわされたあげくに疲れはてる。恋愛上手なのはむしろ彼女の方だ。にもかかわらず、むかし男がたった一度だけついた嘘を彼女は見抜けない。十年以上も前の男の一言をいつまでも信じつづけている。

「イアリング」という作品には若い美容師が二人登場する。一人が男の前でイアリングをはずしてみせる。それが男の気を引くような仕草に見えるからやめるようにと、もう一人が忠告する。しかしそう言われた女の子は逆におもしろがって、好きでもない男の前でイアリングをはずして効果を確かめる。彼女は後に、それほど好きでもなかった男と結婚し主婦におさまる。忠告した方は、スナック・バーのママに転身し、客の前でイアリングをはずしてみせる。

他の四つの作品でもそれぞれ主人公の男性側は、彼女たちの仕草や言葉や行動を、驚いてみたり、不思議がったり、呆れたりすることになる。結論めいたものは何も出ない。しかしそれでも彼らは酒を飲み、彼女たちについて語ることをやめない。女性一般に関してではなく、自分がすれちがった一人一人の女について語りつづける。

「女というものは……」

と言いさして後につづく決り文句を彼らは欲しがらない。酒飲みの彼らが興味を持つのは、女という性についてではなくて彼女という人間についてである。もし女性に関する一般的な知識が必要なら、男どうしで酒など飲まず、お茶でもすすりながら自分の母親と語りあかした方がはやい。

（『とらばーゆ』三月）

競輪ファン

実をいうともう一年近く競輪場へは足を運んでいない。では場外車券を買って楽しんでいるかといえば、それもない。いまのところ競輪とのつきあいは、スポーツ新聞を読むついでに各地のレース結果に眼を通すこと、それから六つのビッグ・レースをテレビ中継で観戦することに限られている。開催ごとに競輪場へ通いつめる熱心なファンからすれば、ぼくなどは競輪好きの数のうちに入らないだろう。そんな男がこういう文章を書くのは、なんとなくおこがましいような気もする。

しかし(これは競輪場へ行かなくなったことの言い訳めいて聞こえるかもしれないが)、近ごろぼくは競輪の魅力とギャンブルの魅力とを分けて考えるべきではないかと思っている。つまり、競輪というレースを観る楽しみと、車券を当てたりはずしたりする楽しみは別の性質のものである。なにをいまさら、とおっしゃるかもしれない。両者が付かず離れず一体となって競輪というゲームがわれわれの前に存在するのではないかと。もちろんその通りである。

けれども、たとえば一つのレースが終り、スタンドのそこかしこで矢つぎばやに始まる大声でのやりとり——あの選手が外へふくれなければどの選手のまくりが決っていたはずだとか、あの選手の踏み出しがもう一呼吸早ければ(遅ければ?)どの選手の逃げ切りは防げたはずだとか、あるいはあの選手が〝S〟(スタート直後の好位置をとること)をとったせいでレースの展開がむちゃくちゃになってしまったとか。あれはただ単に、自分が買った車券が当らなかったことに対する負け惜しみだろうか? ぼくはどうも違うような気がする。

興奮気味の面もちや、上品とはいえない言葉つきのせいで錯覚しがちだが、よく耳を傾けてみると、彼らが喋りまくっているのは(そしてぼく自身も昔その中に加わって喋っていたのは)、いまのレースの一部始終を観たうえでの正確な解説である。はずれ車券を握りしめて選手を野次るばかりが競輪ファンではない。われわれはときに、車券の当りはずれを抜きにして一つのレースを振り返ることがある。その展開や結果について興奮しながら批評し合うことがある。いや、ひょっとしたら野次や怒号にしても、一言でおこなわれるレース批評と考えることができるかもしれない。彼らは決して車券がはずれたことを怒っているのではないのだ。自分が頭に描いたレースを壊すポイントとなった選手に向けて、適確で短い批評を浴びせているのである。

そう考えると、ぼくたちはすでに競輪を他のスポーツ・ゲームと同じように楽しんでいる自分に気づく。プロ野球を見て落合の三振を歯がゆく思うように、グランプリでの中野の二着を悔しがる。そう考えなければ、ぼくがスポーツ新聞を開くたびに車券を買ってもいないレース結果をわざわざ確かめることの説明がつかない。ビッグ・レースのたびに、テレビの前にすわって競輪場のスタンドでと同様に胸をおどらせている訳が説明できない。

競輪はもう、ぼくのように無精して競輪場へ足を向けない男まで呑みこんで、ファンの裾野を広げている。あらゆる競輪選手には、ある日こんな手紙が届く可能性さえある。

(あなたの姿をテレビで見て感動しました。私は競輪のルールもなにも知りませんが、陰ながら応援しています。頑張って下さい)

彼ないし彼女は、おそらく車券を買うことはないだろう。しかしまちがいなく競輪ファンの一人である。

(『サンデー毎日』三月)

主人公の声

作家じしんについては文庫本の解説程度の知識もない。作品も短いのを一つ読んだだけである。それも何回も読み返したというわけではなくて、十二、三年前にいっぺん読んだきり二度と開かない。にもかかわらず、アラン・シリトーという名前の作家の『長距離走者の孤独』という題名の小説のことはいまでもよく憶えている。書き出しはこうだ。

As soon as I got to Borstal they made me a long-distance cross-country runner.

当時ぼくはまだ大学生だった。あんまり熱心な学生ではなくて、授業にはめったに顔を出さなかった。理由はいろいろあったと思うが、第一に寒さのせいである。ぼくは九州で生れ育ったのだが、大学は札幌にあった。九州では桜が満開の入学式に札幌では雪が散らついていた。ぼくは寒いのが苦手なのだ。寒いのが苦手なのになぜ寒い土地の大学を選んだかは、十八歳のぼくに訊ねてみなければわからない。入学式そうそう学校を休みがちになった。朝、布団を出るのを渋っているうちに二度寝して、いつのまにか夕方になっているのだ。

少し暖くなってから教室へ顔を出してみたが、もう授業についていけないことがわかった。ついていけないなと思ったとたんに身が入らない。英語のテキストを開いてみても、単語と単語の間の空白ばかりが眼につく。一頁全体をその空白に焦点をあててうつむいていると、何だか妙な形が浮びあがってきて、ひょっとしたらこれを印刷した人間は、空白が形づくるもので読者に暗号でも伝えるために活字を並べたのではないかと、そんな馬鹿げた空想にふけったりする。ふいに教師の声があがって、

「そこのいちばん隅にすわってるきみ、読んで訳してみたまえ」

なんて言われても、いったいどこを読めばいいのかもわからない。周りを見まわしたところで親切に教えてくれる友人がいるわけでもない。椅子に腰かけてすごす九〇分だか一〇〇分だかの時間がまるごと苦痛である。とうぜんまた授業を休みがちになる。アパートにこもって好きな小説ばかり読んでいる。そこへ親もとから電話がかかる。母親の声が、元気でいるか友だちできたかこんどいつ帰るなどと喋りまくる。ぼくは電話に弱い。いまでも一日中ぶらぶらしているときに編集者から電話が入ると、

つい机に向ってしまうようなところがある。

仕送りもしてもらっていることだし、こうしてはいられぬとその気になって大学へ行ってみると、いつのまにか学期が変っていて、英語の教師も新しくなっている。掲示板の指示通りに生協でテキストを買い、いつものように教室の後ろの入口に近い隅の席につく。表紙に印刷された"THE LONELINESS OF THE LONG-DISTANCE RUNNER"という文字を確かめているところへ、三十くらいの男が不機嫌そうにドアを開け閉めして入ってきて、教卓に肘をつき寄りかかって立つ。そしていきなり最初の一行を読み始める。低い、掠れ気味の声だ。パラグラフを一つ読み終える。するとまた冒頭に戻って、こんどは日本語に訳して読みあげる。

感化院送りになるとすぐに、やつらはおれを長距離のクロスカントリー選手にした。……

訳が終り、何か質問はないかと教師が訊ねる。学生たちは静まりかえったままだ。が、教師は決して急がない。たっぷり二、三分は沈黙する。教卓にもたれかかって窓の外を眺める。雪が降っている。窓のそばに置かれたヒーターの唸る音がぼくの耳にも伝わってくる。やがて、教師はふたたびテキストに眼を落し読み始める。

ぼくがこの授業に最初から最後まで休まず出席したのは、まず、教師の朗読を聞いているだけでよかったということがある。しかもその朗読が少しも退屈ではなく、むしろ楽しかったということがある。とくに日本語訳の朗読を聞くのが楽しみだった。教師の声の質と、物語の中に頻繁に出てくる「おれ」とか「やつら」とか、その他の乱暴な言葉づかいとがじつにぴったり合っていて、別に感情のこもった読み方でもないのだが、独特の雰囲気をかもしだすのだ。ぼくはときどきテキストの活字を追うのをやめ、眼をつむって彼の声に聞きほれることがあった。あるいは彼の話に聞きいることがあった。つまりぼくは、一人称で書かれた小説を直接、主人公が語ってくれているかのように耳を傾けていたのである。

後にも先にも、そんな読み方をした小説は『長距離走者の孤独』一編だけだ。大学には六年近く在籍し、結局、中途で退めることになった。その間に読みふけった小説は数えきれないが、主人公の声が耳に残っているという作品は他にはない。当時のテキストはいまでも手もとにある。表紙は古ぼけているが、中にはアンダーラインも書き込みも一切なく、きれいなままだ。朗読に心を奪われるあまり、教師の注釈を書きとめる余裕がなかったのだろう。この英語の試験の成績がどうだったかは、残念ながら教師の顔や名前と一緒にすっかり忘れてしまっている。

(『すばる』四月)

たまには純文学もいい

だいたいたまになら何だっていいのである。たまに晴れた日に洗濯するのも気持がいいものだし、たまに選挙に出かけるのもむかし通った小学校の門をくぐるのが懐しく、たまに友人の結婚式に呼ばれるのも背広の埃払いにちょうどいい。ラブレターだってたまに書くから効き目がある(かもしれない)ので、毎週書きつづけると退屈な文通になってしまう。江川の毎回三振だって登板ごとに達成されれば、応援する方としてはうまいビールとそうでないビールの区別がつかなくなって困る。季節の花だって果物だってたまにだからこそ、それを見るとなんとなく日本人に生れてよかったなあという感慨を覚えたり、それを食べるとなんとなく長生きできそうだなという気分になるのである。

読書だってたぶん同じことだろう。たまに読むからいい小説というのがある、はずである。たまに読んでもよくない小説はあるかもしれないが、いい小説も必ずある。純文学のなかにももちろんある。いや、純文学のなかにこそ、そういう小説はいっぱい転がっている。なぜなら、誰もそうしょっちゅう純文学ばかりは読まないからである。純文学ばかり読んでると友達に馬鹿にされるし、バーの女の子には相手にしてもらえない。たいていのまともな男はたまに純文学を読んで友達に見直され、女の子の尊敬を勝ち取る。

しかし残念なことに、純文学というのは季節のようにただ待ってればむこうから巡ってくるものではない。たまに読もうと思い立っても、いったい誰がどんな作品をどこから出しているのかよくわからない。調べたり探したりするうちに読もうという気は萎えてしまう。だからこの際である。日ごろ純でない文学ばかり読んでいる人間はこの際、親切な出版社の示すカタログに依ってみるのもいいのではないかと思うのである。

あなたもぼくもいい小説に出会えますように。

（『集英社図書目録』四月）

小説『リボルバー』の映画化まで

映画に携わる人間にとって小説はおそらく二通りである。映画化に向いている作品と、向いていない作品と。その違いは、彼らには一目瞭然なのかもしれないが、われわれ素人の眼にはなかなか見分けがつかない。ぼくがこれまでに書いた七冊の本も、むろん、映画界の人間がちょっかいを出すものと、あっさり無視しているものときれいに二つに区別できる。不思議に思って両者を読みくらべてみるのだが、どの辺に向き不向きの要因があるのか、いまだにわからない。

三年前の夏に書きあげたサスペンス小説『リボルバー』は、秋に刊行されるとすぐに映画化の話が持ちあがった。映画化の話が持ちあがったとき、小説家の反応はおそらく二通りである。すんなり受け入れるタイプと、難色を示すタイプと。なぜ自分の小説の映画化に難色を示すかといえば、それは、ぼくはすんなり受け入れるタイプなのでよくわからない。わからないけれども、まあ、小説家も人間だからいろいろだろうと推察することはできる。ぼくみたいに素直で無定見な男もいれば、頑固でしっかりした考えの持主もいる。

すんなり受け入れた場合、原作使用契約書というものをかわすことになる。その際、ぼくは素直で無定見なうえに人見知りときているので、担当の編集者に間に立ってもらう。契約金は、原作本の定価のおよそ一〇〇〇倍である。落ち着いて計算してもらえばわかるが、いまどき決して莫大な金額とは言えない。正直なところぼくは安いと思う。たとえばの話、いまぼくの周りにある本の中でいちばん高価な『広辞苑』(第二版補訂版・四八〇〇円)がもし映画化されたとしても、編者は約五〇〇万円しか受け取れないことになる。五〇〇万円なら安くはないと思われるかもしれないけれど、定価が五〇〇〇円の小説なんてそう簡単に書けるものではない。考えただけで気が遠くなりそうな作業である。書けたとしても、いったい誰が読むのかという問題が残る。

契約書が取りかわされ、約束の金額が支払われる。そのあたりで一度、編集者から電話がかかる。

「どうだった?」

「OKです」

「そう」

「契約通り、全額振りこまれてます」

「まあ、あんまり期待しないことだね、そのお金は印税とは別のボーナスとでも思っといた方がいい」

「はい」

なんていう実にあっさりした会話である。もともと編集者は、長年の経験から小説の映画化に関しては慎重……というよりもむしろ懐疑的になっているし、ぼくはぼくでデビュー作の『永遠の1／2』の件で懲りている。懲りているといっても別に迷惑をこうむったわけでもないのだが、なにしろ、最初の契約から映画『永遠の1／2』が実際に街の劇場にかかるまでまる四年を要したのだ。契約書に印をついた段階でどうこう騒いだって始まらない。

思った通り、『リボルバー』の場合も似たようななりゆきで、二年の月日が流れ、原作者が契約金を使い果して映画化の話など忘れかけたころ、編集者からもういっぺん電話がかかる。

「契約書まだ持ってる？」

「あると思いますよ」

「ちょっと契約期限の日付を確かめてみてよ」

「……ああ、切れてますね、一週間前で」

「やっぱり。にっかつの製作で話が具体的に進んでるそうなんだけど、どうする、再契約する?」

「どうぞ」

といった具合で、ここは映画界のみなさんにはっきり言っておくけれども、ぼくは自作の映画化については実に鷹揚な小説家である。

こうして再び契約書がかわされ、支払いを確認し、何ケ月か経って、映画『リボルバー』のシナリオ第一稿がぼくのもとへ送られてくる。しかしこれも『永遠の1/2』で経験ずみなので、あまり身を入れては読まない。しばらくすると改訂稿が届く。プロデューサーからの丁寧な手紙が添えてあって、配役や、撮影の日程を知らせてくれている。ぼくの方から編集者に電話を入れる。

「なんだか本気みたいですよ」

「…………」

「監督が藤田敏八、主演が沢田研二、公開は十月の末だそうです」

「その話は聞いてる」

「『永遠の1/2』のロケのときに藤田監督とは麻雀したことがあるし、脚本の荒井晴彦さんとも顔見知りです。たぶん信じていいと思う」

「うむ」

「もう喜んでもいいでしょう、また本が売れますよね？」

「そりゃ売れることた売れるだろうけど」

「けど何ですか」

「『リボルバー』の単行本は、まだ倉庫にあまってるからなぁ」

「…………」

というわけで、この秋、映画『リボルバー』が全国の街の劇場でかかることはほぼ確実となった。偶然から拳銃を手に入れた少年が、南の西海市から北の札幌まで、ある男を撃つために日本縦断の旅をする、一言でいえばそういう筋立てである。

そして実をいうと、小説『リボルバー』には、おそらく編集者も気づいてはいない重大な欠陥が一つある。単行本では一七三頁の二行めから三行めにかけて、文庫本では一八二頁の十一行めから十二行めにかけての一文。ぼくはその欠陥に、小説を書きあげたあとで札幌へ少年と同じ旅を試み、はじめて気づいた。今回、映画ではどんなふうに扱われるのかと心配でシナリオを読んでみたが、残念ながらというべきか幸運にもというべきか、脚本家はその場面をカットしている。だから、もし小説家の失敗に興味があるかたは、いやでも倉庫に眠っている『リボルバー』を買い求め、少年の旅を御自分で体験していただくしかない。

（『青春と読書』十月）

一九八九年

ジェットコースターに乗ったみたいに(『夏の情婦』)

文芸誌『すばる』に発表したものを中心に編んだ短編小説集である。発表順に「二十歳」「夏の情婦」「片恋」「傘を探す」「恋人」と五編が収められている。いちばん古いのが一九八六年、新しいのが八八年。三年の間に、小説家としての腕がどれほど上がったか、あるいは上がらなかったか、この本によって検証できる。読む側に立って言えば(書く側に立てば恐い話だが)自然とそういう仕掛けになっている。

小説を一つ書きあげるとそれにまつわるエピソードが一つ生れる。たとえば、「恋人」という作品が仕上がる。そこへ、生れたての子猫を知人から預って三日ばかり世話を焼いたという体験談がくっついてくる。話は逆ではないか、実生活のエピソードが先で小説は後ではないかと思われるかもしれないけれど、逆ではない。ネクタイを結べない小説家の話(「二十歳」)を書く。その後で、単行本『永遠の1/2』の著者近影にネクタイをジャケットのポケットに押し込んで写っている実際の小説家について、言及することになる。小説を通してエピソードが見えてくる。本のおしまいにある初出誌一覧の頁は、小説家にとって思い出のアルバムみたいなものである。

「傘を探す」という作品は、文体の練習問題を一つこなす感じで書きあげた。他の四編にもその気配はあるが、この作品は特に強い。ジェットコースター・ムービーと呼ばれる映画があって、要するに、劇場の椅子にすわって経験する冒頭からラストシーンまでが、ジェットコースターの一行程に喩えられる。いきなり走り出して後はもうハラハラドキドキ、胸がキュッと締めつけられ叫びつづけているうちに終点に着いてしまう。あれよあれよという間に見終って劇場の照明が点き、椅子の上で呆然とする。そういう経験は確かにあるし、これはまるでジェットコースターに乗ったみたいだなと呟いた憶えもある。ジェットコースターに乗ったことがあって(乗ったことがなくてもイメージできて)、その種の映画を見た人間なら誰だって呟きたくなるだろう。その独り言から始まった、というのが「傘を探す」の文体に関するエピソードである。この小説は丘の上から坂道を駆け降りるように書き出され、そのままの速度で駆けつづけ、駆け抜けて終わる。そこで読者には一言、これはまるで、という感想を持っていただければそれでいい。

(『新刊展望』三月)

テレビと野球

ジャイアンツ時代の江川卓投手が二十勝した年かその前後一年の話だから、もう七、八年前になる。僕が住んでいる街には当時、民放のテレビ局が二つしかなかったので、ちょうどいまごろの季節、僕はまいにち苛々をつのらせていた。

大都市に住んでいるプロ野球ファンには、この苛々はちょっと想像がつかないと思うけれど、民放のテレビ局の数が少ないというのは要するに、その分だけプロ野球中継の機会も少ないということである。だいたいが小説家になる前の僕は、まいとし春になって開幕が近づくと、友人と電話で喋っていても、

「いよいよだな。また忙しくなるなあ」

なんて台詞が自然に出てきて、そばで聞いていた母親から、定職も持たないくせに呑気なことを言うんじゃないと叱られるくらいプロ野球に熱中していた。それだけに、テレビで肝心の試合が見られないというのは苛々のもとになるわけだ。テレビ中継といってもセントラル・リーグの、それもジャイアンツの試合ばかりじゃないかとおっ

しゃる方がいるかもしれないが、当時の僕は十二球団の投手の中でいちばんに江川卓を支持していたから、この問題は重大と言わざるを得なかった。

で、苛々を少しでも減らすために何をするかといえば、一日の六試合をダイジェスト版でまとめて見せてくれる『プロ野球ニュース』に頼ることになる。説明するまでもないと思うが、『プロ野球ニュース』という番組は、大都市に住んではいるが残業その他の理由で球場へは行けずあるいはテレビ中継を見逃したファンのために、それと、民放のテレビ局が二つしかない地方都市に住んでいてラジオでしか江川投手の完封勝利を聴けずもういちど映像で確認したいと願うファンのために、存在する。従って放送はとうぜん深夜である。そのはずである。ところが、僕の街のテレビ局は当時、この番組を早朝の六時台に流していた。前の晩の再放送というのではなくて、一日に一回きり、朝の六時過ぎから放送していた。

もし、このとき僕が母親と一緒に暮していなかったら、まちがいなく、人生で初めてテレビ局に抗議の電話をかけたと思う。

「冗談じゃないぞ、まったく。これだから田舎のテレビ局は困る。いったい誰が朝っぱらから『プロ野球ニュース』なんか見るんだ」と怒っている息子に向かって、母親はまず、「あたしは見てるよ」と切り返し、それから、近所に住む僕と同年配の男を引き合いに出して、彼もまいあさ早起きして会社に行く前に楽しみに見ているそうだ、あんたも文句を言うならちゃんとした仕事についてからにしなさい、だいたいいまみたいに夜ふかししてたんじゃどんな仕事もつとまらない、その習慣から改めるように、というような長くわずらわしい説教に移ったのである。僕は抗議の電話をかける気も失せてしまい、結局は同じ街に住む早起きが苦手のプロ野球ファンとともに泣き寝入りするしかなかったけれども、このとき以来、僕は、というか僕たちは地元のテレビ局を見限った。

そして現在。

実をいうと、僕が住んでいる街にはいまも、民放のテレビ局は二つしかない。が、だからといって僕(を含めたこの街のプロ野球ファン)が苛々することはもうあり得ない。なぜなら、いまでは有線テレビという調法なものがあって、その局に加入すると他県で放映されている番組を受信できるからである。しかも、オマケにＮＨＫの衛星放送まで付いてくる。おかげでジャイアンツの試合は見ようと思えば全試合見ることができるし、衛星放送がときどき流す〝パーフェクト・ナイター〟ではジャイアンツ以外のゲームを試合前の守備練習から試合終了まで見られるし、時間さえ許せばアメリカのメジャー・リーグの中継だって毎晩、楽しめるというわけだ。もちろん『プロ野球ニュース』も他県のテレビ局にチャンネルさえ合わせれば普通の時間帯に見ることができる。ただしこれについては、地元のテレビ局もいまでは夜の十一時台に放送している、という僕の母親の証言もあるけれど、僕じしんは見限った年以来、地元のテレビ局にはチャンネルを合わせたことがないので、ここで断言するわけにはいかない。ちなみに、僕はいまは独立して母親と別に暮しているのだが、彼女の家は(というか僕の実家は)いまだに有線テレビを引いていないという、この街ではすでに希少価値に数えられる家庭の一つである。

そして将来。

新聞の報道によると、僕が住んでいる街には来年の春、三つ目の民間テレビ局が開局するということだ。これでやっと『ニュース・ステーション』が見られると、僕の母親は喜んでいる。おそらくプロ野球中継の回数も増えることだろう。開幕試合やオールスター・ゲームすら放送しないといった泣きたくなるようなお粗末も、あるいは解消されるかもしれない。

しかし、いずれにしてもこの記事を読んで素直に喜んだのは有線テレビを引いていない家庭の人間だけである。つまり街の少数派である。なにしろ、いまはもう(野球に限らず)誰も地元のテレビ局の番組など見ていないというのが実情なので、民放が三つに増えようが二つに減ろうが知ったことではないのだ。だからほかのみんなは何も言わない。代わりに、僕がむかしの苛々を思い出して少しだけぼやく。遅い。遅すぎる。僕に言わせれば七年か八年くらい遅い。あのころ何度、江川が先発する試合を見逃したことか、そのために何度、徹夜して早朝の『プロ野球ニュース』を見たことか。冗談じゃないよ、まったく。

（『青春と読書』七月）

一九九〇年

雨降って地ゆるむ

彼女じしんに原因はなかったんじゃないかと、話を聞いてみて私は思う。では一方的に彼に原因があったかというと、それも違うような思いがする。彼女は二十四歳、彼は二十八歳。ふたりの年齢の組み合わせに文句はない。もちろん、お互いに愛し合っていれば、年齢の組み合わせなど問題にはならない。

彼女は中程度の企業のＯＬ、彼はそれよりもやや大きな企業の営業マン。ふたりとも平均もしくは平均以上の給料を稼いでいる。貯金も人並みにはある。

独り娘でも、長男でもないから、いますぐ何が何でも親の面倒を見なければならないという立場にはいない。結婚して、子供ができて、彼女が仕事を離れることになっても、彼の働きでじゅうぶんやっていけるだろう。つまり金銭的な不安というのは原因になり得ない。

彼女は酒を飲む。彼は酒を飲み、タバコを喫い、ときどき競馬をやる。ふたりとも酒に強く、和食が好みだからデイト・コースで揉めたりはしない。彼女は彼にあんまり夕バコを喫いすぎないようにと注意することもあるが、デイトの途中で一本もらって喫うこともある。

ギャンブルにのめりこむ男は願い下げだと思っているが、一年に五、六回、馬券を買って楽しむくらいなら許せる。現に、彼女は彼と一緒に一度だけ競馬場へ行き、自分で買った馬券が当たって大喜びした経験だってある。だから、そんなことがふたりが別れた原因ではない。

彼女は助手席に乗ってドライブするのと、映画を観るのと、ユーミンの曲を聴くのが好きだ。彼は車の運転と、映画を観るのが好きで、音楽は別にどんなジャンルだろうと無頓着に聴ける。この組み合わせもぴったりはまっているとしかいいようがない。それから、これもぼかすわけにはいかないから、はっきり書いておくけれども、彼女は彼とのセックスにも満足している。いままでにつき合った男の中でいちばんだと思っている。彼の方だって同様の感想を抱いているに違いない。その辺は、私にはぼんやり想像するしかできないが、まあそんなものだろう。どちらか一方だけがものすごく満足して終わるセックスが存在するなんて、できればあんまり考えたくない。

そういうわけで、彼女と彼は出会って半年も経った頃にはすでに理想的なカップルだった。この男となら、と彼女は思い、この女となら、と彼は思っていた。一生だってうまくやっていけるだろう。ふたりはやがて結婚し、子供がひとりかふたり生まれ、幸福な家庭を築くはずだった。小説家の私に、こんなエッセイの材料を提供することになるなど夢にも思っていなかった。

彼女には一緒に暮らす家族がいて、会社や学生時代の友人たちがいる。アパートで独り暮らしの彼にも実家があり、大勢の友人もいる。つまり彼女と彼とを取り巻く集団には、何百という眼や耳や口がある。出会いと別れは彼女と彼とのふたりのあいだの出来事でも、出会いから別れまでの一年間をふたりきりで過ごすことはできない。彼女と彼が出会い、まもなく愛し合うようになった途端、周囲の人間の眼や耳や口がからんでくる。

たとえばこういうことが起こり得る。

デイトの約束がない日。会社から帰宅の途中、彼は駅で偶然、むかしの知り合いに再会する。知り合いというのは女性で、どこまでの知り合いかは測りかねるが、どこまでの関係にしろむかしのことだ。ただ、久しぶりなので懐かしく、立ち話で別れるのも素気なく、時間も時間なので晩御飯でも一緒にということになる。居酒屋で喋って飲んで食べて二時間ほど過ごす。

そのあいだに彼女は彼のアパートに一度電話をかけている。

彼はいつもより二時間ほど遅く帰宅する。ちょうどアパートに戻り靴を脱いだときに、彼女からの二度目の電話が鳴り止む。彼は夕刊を読み、テレビを見ながら風呂を沸かす。沸いた風呂に入っているときに三度目の電話。風呂から上がると缶ビールの買いおきがないことに気づいて外へ出る。そこへ四度目。

自動販売機でビールを買おうとしているときに消防車のサイレンが聞こえてくる。火元は近所らしいので足をのばす。そこでまた野次馬の中に、学生時代の先輩とか、取り引き先の社員とかがいて、やあ奇遇だな、こんなところで、なんて言い合って近くのスナックへ寄り道、カラオケですっかり盛りあがってアパートに戻ったのは午前二時だった。

彼女はほぼ三十分おきに(最初はちょっとした用事だったのがもう意地になって)何べんも何べんも電話をかけつづける。しかしすっかり酔っぱらった彼は呼び出し音を聞いても受話器を取らない。ようやく朝の七時過ぎに電話はつながり、彼女はカンカンに怒っているが、彼はなぜ怒られているのかちょっと判らない。とにかく話は夕方会ったときに、ということになる。

そうしてふたりは仕事帰りに会って話し、誤解はうまくとけるはずだったのが、なぜかそうはいかない。彼女は徹夜で出勤している。暗い表情を見かねて、同僚たちが訊ねる。彼女が事情を説明する。するとひとりが、あんたそれはあぶないわよ、朝帰りに決まってるじゃないなんて無責任なことを言い、もうひとりは、そこまで馬鹿にされて黙ってるつもり？　なんて事を大げさにし、三人目が、ぜったい追及すべきよ、だまされちゃだめよなんて忠告する。

そういう状態で彼女は彼と会う。彼はゆうべの出来事を正直に話す。が、彼女の心はすでにかたくなになっているので、ある程度は納得できても、あとに小さな疑いの影が残る。

そんなところへ、ふたりの共通の友人である女性から、言うべきかどうか迷ったんだけど、やっぱりひとこと言っといたほうがいいと思ったの、という電話が彼女の家にかかってくる。これは要するに、彼がむかしの知り合いと居酒屋に入るところを目撃したとの報告で、冷静に考えれば彼の話の裏付けになるわけだが、彼女は冷静ではないからそうは取らない。疑いの影は大きく濃くなり、彼女は電話で問いつめる。むかしの知り合いなんてあなたはいうけど、具体的にどういう関係のひとなの？　この質問に対して、彼の答えは歯切れが悪かった。無理もない。歯切れよく答えられない間柄のむかしの知り合いを、たいていの男はひとりかふたり持っているものだ。彼女は納得しないまま電話を切る。そしてその後しばらく、彼のほうから誘っても会ってくれない。

この話を、彼は親しい仲間と酒を飲んでいるとき、つい洩らしてしまう。その相手がおせっかいな男で、自分が仲直りをさせてやると言い出し、彼の知らないあいだに彼女と会う約束を取りつけ、実際に会って話す。余計なことまで話してしまう。確かにあいつとあの女は一時期たいへん深いつきあいで、まあいろいろごたはあったけど、しかしいまはもうなんでもないはずだ、などと。どんなふうにいろいろあったのだろうと想像しながら複雑な思いで帰宅したところへ、何も知らない彼から電話がかかり、彼女は話している最中に泣いてしまう。それを母親が聞きつけて、いったいどんな男とつき合っているのかと心配する。娘は泣くばかりで話にならない。一晩泣けば翌朝は落ち着いて、それで済んだかもしれないのに、運悪く居合わせた父親までしゃしゃり出て、その夜は一家をあげての騒動になる。

これでふたりの仲は妙にこじれる。彼が電話をかけても、家族はもう誰も取り次いでくれない。

彼女の周りの人間は彼女に言う。そんなだらしない男とは別れなさい、あなたは運が悪かったのよ。彼の周りの人間は彼に言う。いつまでもくよくよするな、パッと飲みに行こうぜ。周りの人間たちは当事者ではないから諦めが実に早い。いとも簡単に別れのお膳立てをしてくれる。雨降って地固まる、なんて格言は誰も引いてくれない。天気の悪いときの結婚披露宴でしか引いてくれない。

彼女の友達は彼女に別の男を紹介する。彼の友達は彼好みの女性のいるバーへ彼を誘う。それでも諦め切れない彼女は、ある日とつぜん会いたくなっていきなり彼のアパートを訪ねる。彼女はほんとうに運が悪い。ドアを開けた彼は一瞬バツが悪そうな顔になって後ろを振り向くだろう。部屋の奥のベッドには、彼の一晩かぎりの浮気の相手がいるのである。

こうしてふたりの別れは決定的になった。

私に言わせれば、彼女にも彼にもこれといった原因はなく、ふたりは別れてしまった。そんなことが起こり得るのかと思われるかもしれないが、起こり得る。周りに親切な人々がいるかぎり起こり得る。つまりこの種の破局の可能性からは、日本中の誰も逃げられない。

（『新しい女性』二月）

きのう憶えた言葉

行きつけの酒場のママが近頃の若い子はぜんぜん言葉を知らないと嘆いているので、これはまた敬語の使い方のことだろうと思って話を聞いてみるとそうではなく、店の十八になる女の子が、
相殺
という言葉がわからず、もうひとりの十九の女の子は、
怯懦
という言葉を知らなかったそうである。それを聞いた僕はつい女の子たちに同情する思いにかられて、
「そんな言葉、僕だって知らない」
と口走り、するとママが目をまるくして、
「あなたそれでよく小説家がつとまるわね」
と呆れ返った。

このママは四十四である。僕は今年三十四で立派に（といばるほどでもないけれど）小説家をつとめている。が、知らない言葉や読めない漢字や書けない漢字は山ほどある。それこそ自分で呆れ返るくらいある。謙虚だなと思われるかもしれないがそれは半分で、あとの半分は本音である。たとえばつい最近、小説を読んでいて、

ひかがみ

という言葉にぶつかり面食らった。初めて目にする言葉なので国語辞典を引くしかない。首をひねりながら引いてみてそのとたん、背筋が寒くなった。これは別にひかがみが恐い言葉だったというのではなく、意味がわかってみると、こんなことも知らずに立派に小説家をつとめていた自分が我ながら恐ろしくなったのである。

そんないきさつもあって、僕はつい女の子たちに同情的になる。

十代の女の子が相殺《そうさい》や怯懦《きょうだ》を知らなくても何の不思議もない。三十四でひかがみさえ知らない小説家がいるんだから。それに十代の女の子には、難しい漢字なんかよりもっと大切な、憶えなければならないことがたくさんある。男を騙すための化粧とか、男に騙されないための酒の飲み方とか。相殺はチャラ、怯懦はいくじなしで充分だ。僕だって十代の少年の頃に果たして相殺の意味を知っていたか、怯懦という漢字を読めたか、思い出してみると非常に心もとない。なにしろ三十四でひかがみも知らなか

ったんだから。

というふうに同情と自戒の意味をこめ、それから、あなたもよく考えれば似たようなものではないではないですか？　と皮肉もまじえて、

「そんな言葉、僕だって知らない」

と咄嗟に口走ってしまったのだが、相手には文字通りの意味しか通じなかったようである。まあ、これは無理がないといえば無理がないことで、四十四の女性に十代の自分を振り返れと言っても、あんまり遠すぎて見えないんじゃないだろうか。おまけにこういう鋭い警句だってある。

——人はきのう憶えた言葉でも、いったん使い始めると、生まれたときから知っていたように思い込む。

そういうものだ。だから中年のママは(たぶん)むかしの自分のことを棚に上げて女の子たちを非難できるし、小説家は手もとに辞書さえあれば無事につとまる。ちなみに、右の警句はつい最近僕が作った。

で、言うまでもなく、ひかがみとは膝の裏側のくぼんだ部分のことである。

(長崎県教育委員会作文コンクール入選作品集『豊かなことば』二月)

春の嵐

小学校の後半の三年間、シーズン中はソフトボールにあけくれ、ほかの季節は図書館通いに精を出していた。つまり放課後、夏場はユニホームに着替えてすり傷をつくり、寒くなると半ズボンのまま図書館へ行って借りてきた本を読んだ。目覚めるのは一年を通して朝の七時で、夜は九時に眠くなった。学校とスポーツと睡眠。学校と読書と睡眠。そのくり返しだけで三年が過ぎた。いま思えば、僕のこれまでの人生の中で最も充実した時期である。勉強して、ソフトボールをして、眠る。勉強して、小説を読んで、眠る。充実していたが退屈だったろう。

日常に変化がとぼしかったせいか、冬場に読む小説はもっぱら、最初に(主に殺人)事件が起こり最後に犯人が捕まるというジャンルのものを好んだ。アルセーヌ・ルパンとか、シャーロック・ホームズとか、怪盗も名探偵も登場しない英国の古いミステリーとか。どの本もたぶん子供向けに書き直されていて、作者名は日本人だったような気がする。もちろん『813の謎』にも『まだらの紐』にも『クロイドン発十二時三十分』にも挿絵が付いていた。

挿絵に描かれる人物は、小説の舞台である外国風の顔立ちで、たいがい驚きの表情を浮かべている。殺人事件を目撃したり、死体を発見したり、扉の陰で盗み聴きしたり。男も女も一様に目をむいている。その挿絵が半分、小説の文章が半分くらいの割合で作用して、読後に不気味な味わいが残った。一冊読み終わると頭が熱くなってぼーっとしている。周りの現実が色あせて見える。やっぱり小学生の日常生活は退屈なのだ。あしたもう一冊借りてこようと心に決めて、九時に眠る。

憶えているのはそれだけである。小説のタイトルと不気味な読後感。殺人事件の発端も解決もほとんど記憶に残っていない。二十年も昔の記憶だから当然だというのではなくて、二十年も経ったあとに、小説の内容がすっぽり抜けてタイトルと読後感だけ残っているというのは妙な気分だ。

しかしもっと妙な気分になることが別にある。

あるとき、同級生のひとりが僕を教室の隅へ呼んで、風邪を引いているから今日はソフトボールの練習に参加できないと言った。マスク越しにそう言った。風邪とソフトボールでは季節が矛盾するようだが、記憶ではこの通りなのできっと夏風邪だったのだろう。それから彼は小脇にかかえた本を示して、これはきのう図書館で借りてきた大人の本だと教えてくれた。大人の本というのは、まあ、だいたいそういう意味である。どうしてそんなことがわかるのかと訊ねると、図書館の係の女性が貸し出すとき変な顔をしたからだという。ちょっと恥ずかしそうな変な顔だった。彼は頁をめくってみせて、それに挿絵だって入ってないからなと満足げに言った。だからそうに違いない。これから家へ帰って読むのが楽しみだ。胸がどきどきする。

『春の嵐』(ヘルマン・ヘッセ)というその本のタイトルはいまでも憶えている。子供のくせに大人の本を借り出して読める友人の勇気が羨ましかったことも、でも大人の本は大人になってから読めばいいと自分をなぐさめたことも、そのときは『春の嵐』をまっ先に読もうと考えたことも忘れない。

ところが、二十年後の僕は、いつのまにか大人になって大人の本を数えきれぬほど読んでいるにもかかわらず、いまだにこの本を開いたことがないのである。思い出すたびに妙な気分になる。タイトルと、それをいまはまだ読めないという胸苦しさだけを憶えている本。そういう本が一冊あるということはただの無精じゃないかと言われればその通りだけれど、僕としてはなんだか不思議な気分である。

(『産経新聞』三月十日)

小説家になる前

小説家になったときの用意に、いくつか考えたことがある。二十代後半の頃だ。確か七か条あった。
一、顔写真は公表しない。
二、サインを求められても断る。
三、自作の年譜を作成しておく。
四、以下は枚数の都合でいまは思い出さない。
一は、ごくあたりまえの理由からなのだが、念のために書いておくと、これから自分が書く小説が出版されて、ベストセラーになって、顔まで有名になると気楽に道を歩けなくなってしまう。そのための用心である。

二は、ベストセラーの著者にサイン責めはつきものなので、何種類か一筆書きを考案してみたあげくに、匙を投げた。僕は字が下手なわりにプライドが高い。

三つ目。処女作を書き出す前、僕はいろんな小説家の年譜を読んでは、時になぐさめられたり時に心細い気持にさせられたりしていた。つまりこの小説家がデビューした年よりもまだ五つ若いとか、もう二つ過ぎているとか夜中にひとりで研究していたのだが、そのとき巻末に年譜が載っているいちばん手近な本が講談社文庫だった。だから将来、僕の小説が講談社から刊行され、文庫に入るときには僕じしんの年譜を付けることになるだろう、そう思って、あらかじめ生まれてからデビューするまでの部分を作っておくことにしたのだ。

で、小説家となってから六年たった。著書は十冊近くたまった。三か条について点検する。

顔写真は、一冊目の本の扉に大きく掲げてある。その手の本の作り方ないし売り方については賛否両論あるだろうが、僕じしんは沈黙を守りたい。あの写真の髪はパンチパーマですかとよく初対面の人(特に女性)から訊かれるけれど、その点に関しても何も言いたくない。むろん、いまでも気楽に道は歩ける。

サインは、求められるままになるべく笑顔を浮かべて応じることに決めている。ベストセラーの著者でもない小説家に、サインを求めてくれるのはよほど奇特な読者である。下手な字には眼をつむって、一画一画ていねいに、感謝の意をこめる。

そして最後の一条も結局、役に立たなかった。実はこれだけはきちんと守って、いまも前小説家時代の年譜が机の抽出しに保存してあるのだが、今回はじめて講談社文庫に入る『恋を数えて』の巻末にはあとがき以外、何も付かない。理由は特別なくて、とにかく年譜は付かない、よって、夜中に佐藤正午の年譜を調べ、心頼みにしたいという小説家志望の青年にはお気の毒ということになるが、これはうがった見方をすれば、小説家になる前は小説を書くよりほかのことを考えるな、という教訓の一冊にもなり得る。

（『ＩＮ－ＰＯＣＫＥＴ』四月）

ペイパー・ドライバー

自動車の運転はめったにしない。

免許を取ったのが十五年ほど前だから、平均すれば、月に一度か二度はハンドルを握っている計算になると思うが、最近はずっと遠ざかっている。記憶では、最後に運転したのは二十六歳のときで、ざっと八年前の話だ。

要するにぼくは八年間、車の助手席および後部座席以外には乗ったことがない、しかし免許証は三年ごとにきちんと更新しているので運転席にすわる資格はある、という年季の入ったペイパー・ドライバーである。

なぜ八年間も運転に縁がなかったかといえば、普段はちっとも運転したいという気が起こらないし、たまにその気が起こっても運転する車がないからである。八年前、最後に運転して電柱にぶつけた車は友人のもので、それ以来、彼は僕にはぜったい車は貸さないと言い張っている。ほかの知り合いの車やレンタ・カーを借りてもいいのだが、頼みごとの電話や手続きが面倒くさく、また電柱にぶつけでもしたら後始末がもっと面倒くさいのを知っているので、そんなことを考えているうちに運転したいという気持はしぼんでしまう。八年間、そんなふうである。これは僕がそれほど運転好きの人間ではないということもあるだろうが、まあ、運転なんかしなくても、人生はほかでけっこう楽しくやっていけるということもある。

では、なぜ運転もしないのに三年ごとに几帳面に免許証を更新しているのかというと、もちろんちゃんとした理由があって、それは一言でいえばいざというときのためだ。

むかし読んだ小説の中で、ある日突然主人公の仕事場に電話がかかってくる。警察からだ。あなたの奥さんを保護していると言われて、主人公は愕然とする。いったいどうなっているのか事情がわからない。

わからないまま警察へ駆け出そうとする主人公に、たまたま居合せた知人が、自分の車を使えと勧める。主人公は免許は持っているが二十年くらい運転したことがない。しかし事は重大で緊急を要する。ここは車を使うしか手がない。躊躇している場合ではない。というような場面があり、主人公が二十年ぶりに車を運転し、妻のもとへ駆けつけるまでをはらはらしながら読んだ憶えがある。

そして僕も一応免許は持っているから、たとえ運転はしなくても更新さえしておけばいざというとき、つまりこの主人公と同じ立場におかれたとき、同じ行動が取れるわけだ、と何となく安心した憶えがある。

そういうわけだから、僕は言わせてもらえれば文学的な動機のペイパー・ドライバーである。ただしこの話を聞いた友人たちに言わせれば、まだ結婚もしてないくせに、ただの心配性だということになる。

（東京海上火災保険代理店ニュース『TOKYO倶楽部』四月）

象を洗う毎日

夜、小説を書き悩んで、ほかにすることもないので読者から届いた手紙をため息まじりに読み返していると、編集者から電話がかかった。若い編集者である。僕も若い小説家だがもっと若い。十日で恋愛小説を三十枚書けば、来月号に載せてあげますよと言う。十日で三十枚なら一日三枚の計算になる。計算ずくで事を運ぼうというところに若さが見られる。小説書きは日掛けの貯金のようにはいかない。十日で恋愛はできるかもしれないが、恋愛小説は無理だ。少なくともいまの状態では無理だ。僕はいま書き下ろしの小説を執筆中である。ほかの仕事には手がまわらない。すると編集者は、その台詞は聞き飽きたと言う。去年から同じ言い訳ばかり使ってるじゃないですか。僕は去年から書き下ろしの小説を執筆中なのである。

「いつになったら出来上がるんですか?」

「いまちょっと精神的な打撃をうけてるからね、いつになるかわからない」

「精神的な打撃?」

「うん。二つもある」

「サッカーのワールド・カップでイタリアが負けたこと？」

「いやウインブルドンでベッカーが負けたことだ。あのね、夜中に冗談を言い合ってる場合じゃないんだよ」

「どうしたんです」

「じつはきょう女性の読者から手紙が届いたんだけど、さよならって書いてある」

「読者とつきあってたんですか」

「……」

「そうなんですか？」

「そうならまだいい。いくら待っても新作の小説が出ないから、もうあなたの読者はやめると書いてある。そういう意味のさよならだよ。そのほうが辛い。いま読み返してる。また読者をひとり失ったんだなと悲しくなる」

「恋人を失うよりましでしょう」

「小説家としては、そんなのは何でもない、読者を失うことに比べれば。なんだか原稿用紙に向かう気力もなくなった」

「もう一つの打撃は何ですか」

「エッセイを書いて送ったら、掲載できないと送り返された。これも辛い。小説がボツになるよりましでしょうなんて言われてもなぐさめにはならない」

「言いません」

「言わないからペンを持つ力もなくなった」

「わかりました」

「うん？」

「そこまで手のこんだ言い訳を用意されては、編集者として引かざるを得ません。小説の依頼はまたにします」

「言い訳じゃないんだけどね。なんなら、読者の手紙とボツになったエッセイを読んで聞かせようか？」

「けっこうです」

というわけで、編集者は僕の精神的打撃を冗談半分と受け取ったようだが、本当のところはそうではない。冗談は四半分くらいである。つまり僕はかなり本気で落ち込んでいる。

見知らぬ女性読者からのさよならの手紙はいま机の上に置いてある。送り返されたエッセイも机の抽出しにしまってある。証拠として、読者の手紙をここに引き写すわけにはいかないので、ボツになったエッセイのほうの全文を次に掲げることにする。

*

最近になってようやく僕が小説を書いていることを知った親戚が、ためしに一冊読んでみるから送ってくれと母を通じて言ってきた。この親戚というのは母方の伯母のひとりである。母は八人姉妹だか九人姉妹だかの末っ子なので、僕には伯母が七人か八人くらいいるのだ。ちなみに僕はまる六年、小説を書いている。

ためしに読んでみたいのなら買って読めばいいと思うのだが、伯母が言うには、彼女が住む街の書店には僕の本は置いてないそうである。じゃあ隣の街の書店で買えばいいと思うのだが、母が言うには、

「へらず口をたたいてないで一冊送ってやんなさい」

「一冊って、何を送ればいいの」

「何でもいいから、とにかく送んなさい」

とのことだ。仕方がないので、いちばん新しい本を送ったところ、一週間ほど経って、伯母から宅急便が届いた。中身はそうめんが八十束、要するに本の御礼である。御礼にそうめんを買って送るくらいなら、自分で本を探した方が面倒がはぶけると思

うのだが、これを母に伝えると、単に、

「あんた、儲かったじゃない」

という感想だった。本一冊に対してそうめん一箱。まあ、儲かったと言ってまちがいではないだろうが、ただ、仮にも小説家として、何となく内心ジクジたる儲け方ではある。

実は、伯母に送ったいちばん新しい本は一年以上も前に出版されたもので、つまり、僕はもう一年以上、一冊の本にまとまる仕事をしていない。そうめんを貰って儲かったなどと無邪気に喜んでいる場合ではないのだ。

で、こうしてはいられぬと、毎日まいにち、机に向かって小説家らしい儲け方に励んでいる。仕事をするのはおもに深夜、夜食は当然そうめんである。夜食のあとにはアリナミンを服用する。必ず服用することに決めてある。これは去年テレビで「アリナミンを飲めば象を洗える」とさかんに宣伝していたからだ。象を洗えるほどの効果があれば、小説を書くくらい何でもない。そう思いながら飲むことにしている。

そうめんを食べては象を洗い、象を洗ってはそうめんを食べる。いまはその繰り返しで毎日が過ぎていく。退屈な繰り返しだが、そうめんをたいらげる頃には、象を一頭洗い終える予定である。

（『銀座3丁目から』十月）

浴衣と爆竹の長崎

　長崎県に本籍も現住所も置いているけれど、長崎のことはよく知らない。僕が住んでいるのは県の北に位置する佐世保という街で、県庁のある長崎は南の中心である。両者のあいだの交通は車で一時間半くらい。しかしその距離以上に、佐世保側から見れば、長崎は遠い。なぜなら、長崎へ行くには首都の方角へ上らずに、南へ下らなければならないからである。つまり何となく遠まわり、寄り道といった感覚になる。言ってみればのんびりした観光向きである。が、車で一時間半の土地へ、観光旅行の計画を立てる人間はあんまりいない。したがって、よほどの用事がないかぎり、僕の足は長崎へは向かないということになる。他県の観光客にとってと同じように、僕にとっても長崎は遠い街であり続けるという事態となる。

　長崎のことはよく知らないけれど、もちろん僕なりに長崎という街に対するイメージは持っている。二つあって、一つは市電から受ける頑固さ。この交通量の激しい時代に、道のまんなかに堂々とレールを敷いて、電車をゴトゴトゴトゴト走らせている。

それですました顔をしている。しかもその電車の行先が蛍茶屋《ほたるぢゃや》。蛍茶屋なんて、佐世保に住んでいる人間に言わせればいまどき居酒屋の名前である。それが長崎ではむかしもいまも市電の終点駅である。いったい長崎の人々は僕たちと同じせわしない時代を生きているのだろうか。蛍茶屋と行先を掲げた市電を見送りながら、呆然と、そう呟きたくなる。やはりよほどの用事があってもなるべく長崎には近寄らないほうがいい。寄り道する気持の余裕がないときに長崎を訪れると、この街の頑固さに足元をすくわれ、僕みたいにめまいがするかもしれない。

もう一つのイメージは浴衣からくる粋《いき》。これはある女友達から聞いた話だが、長崎の夏の行事、精霊流《しょうろうなが》しに関わる。

彼女の話では、精霊流しというのはとにかくうるさいらしい。鉦《かね》はひっきりなしに打ち鳴らされるし、爆竹は次から次にはじけるし、そばにいる人の声も聞き取りにくいほどだという。とくに爆竹がひどい。精霊船が通る沿道は観光客と地元の人々とがまじって黒山の人だかりなのだが、ほとんどこの中へ投げ入れられる感じで間近に音がして、火薬の匂いがたちこめる。靴の先で爆ぜる。背中でも爆ぜる。危険である。見物が熱い、と思った瞬間、人ごみの中から手が伸びて背中を払ってくれたりする。見物が終わったあと、気がつくとワンピースの裾と背中に焦げ跡が残っていたそうだ。

で、そこから彼女は推測する。観光客は洋服姿だが、地元の人はほとんど浴衣を着て見物していた。自分のワンピースに焦げ跡が付くくらいだから、とうぜんあの人たちの浴衣も焦げただろう。とすると、もう来年は着られないわけだ。ひょっとして長崎の人は男も女も毎年、精霊流しの一夜のために浴衣を仕立てるんじゃないかしら、ねえ、そういうのって粋よね？　ということになる。なるほどね、と僕も思う。しかしこれはあくまでも推測だから、真相は御自分の目で確かめられた方がいい。

（エアーニッポン機内誌『私の青空』十・十一・十二月）

猫と小説

その一

まず小説を一冊、読みます。読み終ると、気に入った場面の描写や、登場人物の台詞が頭に残る。残らなければ小説を読んだ意味がないし、だいいち何も残らないようなつまらぬ小説なら、最後まで読み通すなどできない相談でしょう。頭に残ったものをしかし残ったままにしておくと、すぐに忘れる。すぐに忘れなくてもいつかは忘れてしまう。だからなるだけ忘れないように、あるいは忘れてもかまわないように、頭の中にではなく実際に筆記用具を使って何かに書きつける。これを読めば忘れていても思い出せる。思い出せれば、仕事でもプライベートでもかまわないけれど、誰かとお茶を飲んだり酒を飲んだりするとき引用して、さりげなく引用して、おしゃれな会話が楽しめる。ひょっとすると相手から一目おかれるかもしれない。

また、小説を読むと知らない漢字や、聞いたこともない言葉にぶつかる。小説家はとかく目新しい表現を用いたがるから、読者がどれだけ言葉を覚えていても、一つや二つかならずぶつかる。ぶつからないのは飛ばして読んでいるのである。仕事でもプライベートでも同じだけれど、誰かと話していて知らない言葉が出てくるのは困る。こちらが困るだけならまだいいが、こんなことも知らないのかと、むこうに馬鹿にされるのは我慢できない。だからこれも、小説を読み終ったらまめに辞書をあたって書きつけておく。書きつければ、書きつけないよりは忘れにくい。たとえ忘れても書きつけたものを読めばたやすく思い出せる。

というわけで、われわれはまず一冊の小説を読み、読み終えたあとに、すかさず心覚えの読書ノートを制作しないわけにはいかない。そういう結論になる。で、これから四回にわたって僕がその見本をおめにかけます。

@

一回目は夏目漱石である。

なぜいまどき漱石の小説を読むかといえば、誰の小説をいつ読もうが読む人間の勝手だということもあるけれど、実は、それとは別に少し事情がある。

つい最近、僕のアパートに猫が一匹ころがりこんだ。正確にいうと友人が車で拾ってきた。白黒のぶち猫である。友人は小倉に住んで新聞記者をしている男で、ときどき愛車の中古のBMWを飛ばして佐世保まで遊びに来る。

その夜、彼は途中でスーパーマーケットに寄った。僕の部屋の冷蔵庫にはいつもろくな食い物が入ってないのを知っているからだ。買物をすませて、駐車場に止めた愛車の中古のBMWまで歩き、ドアを開けた。そのとき足元から何かがヒラリと跳んで運転席に降り立った。と思う間もなくもうひと跳びして助手席に移り、友人の顔を見上げると、ミャオとひと声鳴いてみせる。ドアが開く瞬間を狙って跳躍する絶妙のタイミングに、友人は舌を巻いた。それから、何だか急におかしくなって吹き出した。ミャオと鳴いた猫の顔が可愛かったせいと、まるで自分がその猫のためにドアを開けてやる運転手役のような、錯覚をおぼえたせいである。こうして友人は笑顔を浮べたまま、ぶち猫を連れたまま僕の部屋に現われた。

もちろん僕は迷惑である。が、友人に言わせれば、あのタイミングの良さはただごとではない、これは何かある、もしかしたら幸運を呼び込む猫かもしれない、捨てたりしたらみすみす幸運を逃すぞ、きっと後悔するぞ、ということになる。だったら小倉へ連れて行って飼えばいい、僕は後悔なんかしないからと言い返すと、それは可哀相だ、土地の猫はその土地で飼わなければ、佐世保の猫が小倉まで幸運を呼び寄せるのは難しいだろう、なんてわけのわからないことを答える。仕方がないので一晩だけ泊めてやることにして、友人が買ってきた牛乳を飲ませ、いつだったか中元に貰った石鹼の詰合せの箱が手ごろな大きさだったから、中に新聞をちぎって入れて臨時のトイレまでこしらえた。翌朝、玄関の靴脱ぎに置いたのを覗いてみると、どうやら生れついての野良猫でもないらしく、きちんと用を足している。友人とふたりで感心しているところへ、ぶち猫が腹をすかして鳴く。友人が愛車の中古のＢＭＷでペット・ショップへ走り、猫の専用トイレと砂と缶詰のエサまで買ってくる。たらふく食って猫は寝る。コタツに丸まって寝ているのを見ると、むやみに捨てるわけにもいかない、もう一日置いてやろうという気になる。友人が小倉へ帰ったあとも、エサを与えトイレの砂を換え、ときには抱いて撫でたりしているうちに、とうとう十日ほど居つかれてしまった。明日あたり缶詰を買い足さなければならないだろう。雌猫である。友人の見立てでは生後一年程度。やせている。名前はまだない。

一回目に漱石先生の小説を選んだのはそういう事情からである。つまり思いがけず猫と一緒に暮すことになり、これも何かの縁だから、一年かけて猫にまつわる小説を読んでいこうというわけだ。猫の小説といえば、一番めにくるのは『吾輩は猫である』と相場が決っている。決っているけれど、今回は、また別に事情があって『坊っちゃん』を読む。この事情は簡単である。『坊っちゃん』の方が、小説の長さを取っても、文体の上からも、内容についても読みやすい。読みやすいのから読んでいく。なにも最初から高い山に登ることはない。手はじめになじみの丘に立ってから、次回のために体調を整える。

@

親譲りの無鉄砲で子供の時から損ばかりしている。

あまりにも有名な『坊っちゃん』の書き出しである。この一行を頭にたたきこめば、もうほかには要らない。小説をほとんど読み終えたことになる。『坊っちゃん』のどの頁を探しても、これほど印象的な文句は見つからないだろう。

主人公は江戸っ子、舞台は四国のとある田舎町（松山の地名は小説には出てこない）、時は日清戦争の頃。主人公はいまで言う悪ガキとして少年時代を過す。親には見はなされている。兄とは喧嘩が絶えない。ただひとり、お手伝いの清《きよ》という老女だけが少年の無鉄砲を愛してくれる。坊っちゃんとは、彼女が主人公を呼ぶときの愛称である。両親が相次いで亡くなり、兄は家を売って勤め先の九州へ去る。ひとり残された坊っちゃん(中学校を卒業したばかり)は兄から貰った六百円で、たまたま生徒募集の広告を見つけた物理学校に入学、三年後に卒業していよいよ四国の中学校へ数学の教師として赴任することになる。

要するに、坊っちゃんは無鉄砲がじゅうぶん似合うほどまだ若い。無鉄砲をじゅうぶん発揮しても、身寄りがないから損するのは自分だけである。ただ気がかりなのは、甥っ子の家に身を寄せている清のことだ。四国に着いてから坊っちゃんが清に書く手紙。

「きのう着いた。つまらん所だ。十五畳の座敷に寝ている。宿屋へ茶代を五円やった。かみさんが頭を板の間へすりつけた。夕べは寝られなかった。清が笹飴を笹ごと食う夢を見た。来年の夏は帰る。今日学校へ行ってみんなにあだなをつけてやった。校長は狸、教頭は赤シャツ。英語の教師はうらなり、数学は山嵐、画学は野だいこ。いまにいろいろなことをかいてやる。さようなら」

宿屋にチップをはずんだら、急に待遇が変って広い部屋に移されたというのである。笹飴とあだなの件は有名なので説明は不要だろう。

この手紙は小説全体を凝縮してここに置かれたようなものだ。文体は飾り気がない話し言葉だが、軽快で、読んでいて気持がいい。内容からは他人を突きはなしたような、もっと言えば傲慢な感じさえ受け取れるが、その通りで、主人公は全編を通して苛立っている。江戸っ子の坊っちゃんは田舎の町や人間が気にいらない。つまらん悪戯《いたずら》をする中学生や、つまらん色恋沙汰や保身に熱中する教師を見下している。そして最後に、この手紙と同様、坊っちゃんの教師生活も短く終る。きのう着いた、つまらんところだ、さようなら。この通りにあっけない。坊っちゃんは田舎での教師稼業に嫌気がさし、一カ月で東京へ引きあげるのである。

小説のおしまい近く、坊っちゃんは山嵐と組んで、最も気に入らない赤シャツと野だいこのふたりに鉄拳制裁を加える。そして翌日。

その夜おれと山嵐はこの不浄な地を離れた。船が岸を去れば去るほどいい心持がした。

『坊っちゃん』というタイトルから連想できるほど、この小説にはおっとりした雰囲気はない。代りに、主に文体からくるスピード感がある。また舞台が田舎町にしては、全体にのんびりした味わいが薄い。代りにせせこましい人間関係が描かれている。主人公は確かに教師だが、生徒とのあいだに心が通じ合う交流などはない。ないままに小説は終る。もう一つ、ちょっと意外なのは、マドンナの出番がほとんどないこと。ほんの二、三行、描かれるだけで一言も喋らない。ただ、坊っちゃんが下宿の婆さんとの会話の中で、マドンナについてこんなふうに言う台詞がある。

「あだ名のついてる女にゃ昔から碌《ろく》なものはいませんからね」

そういうことらしい。

以上、今回は読書ノートに書きつける適当な文句はあまり見つからなかった。僕はこれからぶち猫にエサをやって、次回に備え『吾輩は猫である』を読むことにするが、その前に、クイズを一つ。教師をやめて東京に戻った坊っちゃんはその後どうしたか？　答――鉄道会社の技術者になった。本当です。嘘だと思う方は御自分で『坊っちゃん』をお読み下さい。

その二

いったいこの平成の時代に『吾輩は猫である』という小説を読む人間がどれくらいいるだろうか。そう考えているうちに、なんだか暗い気分になってしまった。

というのは、なにも漱石文学の読者が時代変遷とともに失われていくのを嘆いているのではない。その逆である。今回テキストに使う文庫本『吾輩は猫である』の奥付には、昭和三十七年改版初版発行、昭和五十二年四十版発行とある。改版というからにはむろんそれ以前の版も存在するわけで、そのうえ昭和三十七年から年に二回以上の割合で四十回も版を重ねた本が五十二年を最後に絶版になるなんてあり得ないから、おそらく現在も発行され続けていると考えていい。いや疑いなく発行され売れ続けているだろう。要するに、夏目漱石のこの小説は明治三十八年、俳句雑誌『ホトトギス』に一回目が発表され好評を得て以来、明治・大正・昭和・平成と四つの時代を通じて、延々と、読者に支持されているのである。

これはどういうことかというと、小説の読者は、小説が書かれた時代、作家が生きた時代の区別に関わりなく、ただひたすら面白い小説を求めるということである。新しい時代の読者は、新しい時代の小説にも古い時代の小説にも一様に貪欲だということである。そうなると、平成時代の小説家である僕は断然不利になる。なぜ断然不利かというと、読者の獲得のためにまず僕は同時代の小説家たちと腕を競わなければならない。次に昭和の小説家たちとも、大正の小説家たちとも、明治の小説家たちとも競わなければならない。つまり時代を下るにつれて、小説家は競争相手が増えるので不利である。いまのところいちばん新しい時代の平成の小説家は、このため断然不利になる。

で、いったいいまの時代に『吾輩は猫である』の読者がどれくらいいるだろうかと考え、きっと大勢いるだろうな、なにしろ面白い小説だからと試しに読んでみたあとに考え、そしてその分、僕の小説の読者は少なくなるわけだと考えているうちに、なんだか心細い気持になった。まったく、新しい時代の小説家ほど割に合わぬ商売はない。

@

『吾輩は猫である』は夏目漱石の処女作ということになっている。しかしこの長編は一九〇五(明治三十八)年から翌年にかけて連載されたものなので、一九〇六年に同じく『ホトトギス』に発表された『坊っちゃん』と同時期に書かれたと思ってさしつかえない。

要するに、どちらも新人の作品である。漱石はこのとき三十八歳だからそれほど若くはないが、なにしろ新人だから生きがいい。それはまず文体に現れている。ただし、『坊っちゃん』も『猫』も一人称の話し言葉という点で共通しているが、後者の方が前者よりも堅い感じがする。文章の中に漢語・漢文脈が多用されているからである。

つまり『坊っちゃん』の語り手である江戸っ子の中学教師よりも、『猫』の吾輩の方が学がある。猫に学がある。あるようなことを喋る。それを人間である読者が聞かされる。馬鹿ばかしいけれど珍奇なので先を聞かずにいられない、という仕掛けになっている。

「吾輩はペルシア産の猫のごとく黄を含める淡灰色に漆《うるし》のごとき斑《ふ》入《い》りの皮膚を有している」

『坊っちゃん』の文体でいけば、「おれはペルシャ猫のような毛いろに黒のまじったぶちだ」とでも紹介されるところだろう。この吾輩は偉そうにしているくせに実は捨猫である。捨猫が親切で拾われるのではなく、自力で上がり込んで、とうとう飼われることになる家の主人が、

珍野《ちんの》苦沙弥《くしゃみ》

という名の、中学校の英語教師である。苦沙弥先生はジャムばかり舐めているから胃弱で、性格は飽きっぽい。おまけに癇癪もちである。食後に細君が胃の薬(タカジヤスターゼ)を取り出すと、「それはきかないから飲まん」と言う。「あなたはほんとにあきっぽい」と細君が呟く。

「あきっぽいのじゃない薬がきかんのだ」

「それだってせんだってじゅうはたいへんによくきくよくきくとおっしゃって毎日々々あがったじゃありませんか」

「こないだうちはきいたのだよ、このごろはきかないのだよ」

「そんなに飲んだりやめたりしちゃ、いくら効能のある薬でもきく気づかいはありません、もう少し辛抱がよくなくっちゃ……」

という会話のうちに先生、思わずカッとして、

「なんでもいい、飲まんのだから飲まんのだ、女なんかに何がわかるものか、黙っていろ」

「どうせ女ですわ」

なんてことになる。犬も食わぬという小さな喧嘩の一幕だが、語り手は猫だから、どんなに些細な出来事でも洩らさずに見物して読者に伝えてくれる。『坊っちゃん』の場合は、語り手の主人公が自分で動き回って事件を起すわけだが、『猫』の方は吾

輩の行動半径が狭いので、自然に、小説の舞台は珍野家およびその周辺に限定されることになる。なかでも猫が注目するのは客間である。苦沙弥先生のところへは友人だの門下生だの、見物に値する客がしょっちゅう出入りする。

まず美学者の迷亭先生。彼は口から出まかせのほら話がお得意で、人をからかっては喜んでいる。月並や俗物に対しては辛辣でもある。虫が好かない実業家金田夫人の顔について。

「十九世紀で売れ残って、二十世紀で店《たな》ざらしに逢うという相だ」

この小説の時代設定は、発表された年と同じ一九〇五年だから、こういう台詞も不自然ではなく安心して笑える。僕もあと十五年たってまだ小説家でいられれば、

「二十世紀に化粧をしすぎて、二十一世紀にその皺寄せがきた顔」

などと中年女性を表現できるかもしれない。

それから客はほかに、科学者でバイオリンも弾く水島寒月、詩人の越智東風、哲学者の八木独仙、実業家の卵の多々良三平といった面々。彼らはいずれも話し好きである。苦沙弥先生を相手によく喋る。どこまで嘘か本当か、どこまで本気か冗談か、よく判らない話を次々に喋りまくる。丁丁発止のその様子を引用するとすればまるごと抜くしかない。が、それは長すぎて無理だから、ほんの一部分。

「とにかくこの勢いで文明が進んで行ったひにゃぼくは生きてるのはいやだ」と主人が言いだした。

「遠慮はいらないから死ぬさ」と迷亭君が言下に道破する。

「死ぬのはなおいやだ」と主人がわからん強情を張る。

「生まれる時にはだれも熟考して生まれる者はありませんが、死ぬ時にはだれも苦にするとみえますね」と寒月君がよそよそしい格言をのべる。

「金を借りる時にはなんの気なしに借りるが、返す時にはみんな心配するのと同じことさ」とこんな時にすぐ返事のできるのは迷亭君である。

「借りた金を返すことを考えない者は幸福であるごとく、死ぬことを苦にせん者は幸福さ」と独仙君は超然として出世間的である。


一見、まじめな議論のようだが、文体のせいで、ということはつまり猫がこれを聞き取っているから、どことなく滑稽である。なんだか暇な大人が寄り集って漫才でもやっているような雰囲気である。それを猫がまとめて我々に語ってくれるわけだから、読者としてはまるで落語でも聞いているような具合だ。そういえば小説の中ほどで、彼らの話を黙って聞いていた苦沙弥先生の細君が一言、「まるで噺《はな》し家の話を聞くようでござんすね」と批評してみせる場面がある。

「吾輩は猫である。名前はまだない」と一行めから始めて、長々と語り続けた猫は最後の頁まで来ても名無しのままである。無名の噺し家はこんな感想をいだく。

「のんきと見える人々も、心の底をたたいてみると、どこか悲しい音がする。悟ったようでも独仙君の足はやはり地面のほかは踏まぬ。気楽かもしれないが迷亭君の世の中は絵にかいた世の中ではない。寒月君は珠磨《たます》りをやめてとうとうお国から奥さんを連れて来た。これが順当だ。しかし順当が長く続くとさだめし退屈だろう。東風君も今十年したら、むやみに新体詩をささげることの非を悟るだろう。（略）主人は早晩胃病で死ぬ。金田のじいさんは欲でもう死んでいる。秋の木の葉はたいがい落ち尽くした。死ぬのが万物の定業《じょうごう》で、生きていてもあんまり役に立たないから、早く死ぬだけが賢いかもしれない……」

そんなことを考えるうちに気がくさくさしてきて、猫は人間が飲み残したビールに口をつけ、酔っ払い、水甕に落ちて死ぬことになる。その描写で長編小説は終っている。落語のつもりで聞いていれば最後は笑えない落ちが来る。

そのせいでもないが、今回は僕も書き出しからなんとなく気がめいってしまったので、これから冷蔵庫の缶ビールでもあさって酔っ払おうと思う。台所へ行く前に、苦沙弥先生の駄洒落を一つ。生徒から番茶は英語で何というかと訊ねられて、先生はサヴェジ・チーと答えたそうだ。Savage tea. これもあんまり笑えませんね。

その三

これから猫を飼おうと思っている人はぜひとも一読すべきである。ただし、猫好きの男を夫に持つ女性は、夜中に読むと眠れなくなるおそれがある。

『猫と庄造と二人のをんな』

これは昭和十一年に谷崎潤一郎が発表した小説で、題名が示す通り、

リリーという名の一匹の猫、

をめぐる、

庄造(年齢三十手前)、

と、

ふたりのおんな(先妻の品子、後妻の福子)、

との三角関係ないしは四角関係が描かれている。

品子は姑との反りがあわず追い出された恰好である。庄造に嫌われての離婚ではな

いから、できれば縒《よ》りを戻したいと考えているが、庄造の方では別に品子に未練はない。福子はもともと庄造の従妹にあたる女で、女学校時代から身持が悪く、父親にも持て余されていた。しかし姑にとっては親戚の娘だから気心が知れているし、おまけに父親が資産家なので、持参金のことを考えれば品子の後釜に欲しい。福子の父親にしてもやっかいな娘が片づけばそれにこしたことはない。という両者の思惑によって、福子は庄造の後妻になった。この庄造が無類の猫好きで、リリーという西洋種を十年飼っている。「手触りの工合が柔かで、毛なみと云い、顔だちと云い、姿と云い、ちょっとこの辺には見当らない綺麗な雌猫」だったが、人間の年になおせばすでに老年を迎えている。

ある日、品子が福子に手紙をよこし、リリーを譲り受けたいと言ってくる。その奇妙な手紙からこの小説は始まっている。そしておしまいまで猫の話に終始する。庄造がリリーをどれほど可愛がっているか。そのことに福子がどれほど嫉妬するか。リリーを手に入れた品子の生活はどう変るか。リリーを失った庄造の寂しさはいかばかりか。リリーへの未練を断ち切れない庄造の行動はいかに滑稽か。

で、それらのいちいち的確な描写に、一度でも猫を飼ったことのある人間は大きくうなずいたり、あきれたり、笑ったり、ほんの少しゾッとしたりすることになる。つまり僕も、この春にアパートに転がり込んだぶち猫のことを思い出しながら、この奇妙な小説を読み進むことになる。

@

庄造は十年可愛がったリリーを先妻に取られるはめになるのだが、実は僕もおよそ三カ月のあいだ面倒をみた野良猫を人に譲ることになった。2DKのアパートは猫を飼うのに適していないと判断したからである。

あたりまえだが猫は爪を研ぐ。柱に傷はつけるし、畳にまでバリバリ音をたてて爪を立てる。狭い場所へやたらと入りたがる。ベッドの下だろうが、冷蔵庫と食器棚の隙間だろうがかまわず入り込んで、埃まみれで出てきて部屋じゅう歩きまわる。毛も落ちる。ベッドも畳もカーペットも、僕の洋服までも毛だらけになる。おまけにさかりもつく。奇妙な声で鳴いて、僕の脚に体をこすりつけて甘える。仕事中もおかまいなしにすり寄ってきて、邪険に払いのけると、恨めしそうな顔でいっそう鳴きわめく。

困り果てて、この猫のもともとの拾い主である友人に電話をかけると、

「猫？　ああ、あれね。まだいるの？」

などとまるで余所事の返事である。

「仕事中に鳴かれて困ってるんだ」

「外に出たがってるんじゃないか？」

「アパートの七階でどうやって外に出すんだ」

「散歩に連れてけよ」

「外は国道だよ」

「近所の公園まで連れてけばいいだろ」

「近所に公園なんかない」

「無精なこと言うなよ、かわいそうに、もともと外の生活に慣れてる猫なんだから」

自分でわざわざ拾ってきておいてそんなことを言う。話にならない。が、このまま仕事にならないのも困るので、かたっぱしから知り合いに電話をかけた。猫いりませんか？　まにあっています。という電話だ。最後の最後、諦めかけた頃にやっと、可愛い雌の子猫でタダなら貰ってもいいという女性が見つかった。

「よかった。可愛い雌猫だよ」

「ほんとに？」

「生後一年弱。保証する」

「子猫じゃないじゃない」

「その代りトイレのしつけだってちゃんとしてある」

半年前に飼猫に死なれたというその女性は、さっそくタクシーを飛ばして駆けつけ、さかりのついた雌猫の顔を見て、気に入ってくれた。もし今後、不妊の手術をすることになれば手術費を半分持つという条件つきで、猫のトイレから砂から買い置きの缶詰のエサから何から何まで、すっかり持ち去っていった。事が運ぶときには運ぶものだ。

で、その夜、猫がいなくなったおかげで僕の仕事がはかどったかというと、これが実はそうではない。何となくそわそわして落ち着かないのである。あんなにうるさかった鳴き声が、急に聞こえなくなってみると今度は物足りない。おとなしいときには机のそばで丸くなって眠るのが習慣だったので、仕事をしながらついついこちらも癖で横を見てしまう。そこにいないのも物足りない。部屋の中にまだ猫特有の臭いだけ漂っていて、気配を感じないのは寂しい気さえする。三カ月も一緒に暮らしたにしては、いとも簡単に手ばなしすぎたのではないか。そんな反省の思いも浮んでくる。まるで猫の子みたいに人に押しつけたわけだ。いやあれは猫の子だからそれでいいわけだが、おなじ貰ってもらうにしても、もう少し時間をかけて別れの挨拶くらいするべきだった。

寝る時間になって灯りを消しても、ベッドの中でまだぐずぐず猫のことを考えている。いつもならすぐに布団に乗ってくる猫の重みも感じない。枕もとに近づく足音も聞こえない。冷える夜には、布団の中へごそごそ入ってきて、僕の腕を枕代りにして眠ることもあったし、朝は朝で、早くからエサを欲しがる声に悩まされたものだが、今後はそういうことからも解放されるわけだ。そう思うと物足りない。うるさかった思い出の数々が失ってみると逆に物足りない。やはり三カ月のあいだに、僕は猫との共同生活に慣れすぎてしまっていたのである。

三カ月でそのくらいだから、十年も慣れ親しんだリリーを手ばなした庄造の気持は、察するにあまりある。なにしろ庄造にとっては、

「……品子にも、福子にも、母親にも分って貰えない淋しい気持を、あの哀愁に充ちたリリーの眼だけがほんとうに見抜いて、慰めてくれるように思い、又あの猫が心の奥に持っていながら、人間に向って云い現わす術を知らない畜生の悲しみと云うようなものを、自分だけは読み取ることが出来る気がしていた」

というほどの猫である。名前もつけてやらずに三カ月も一緒に過した僕とは、そもそも猫に対する姿勢が違う。

だからどうしても別れたリリーの顔をみたい、もういちど撫でてやりたいという庄造の気持はわかるし、けれどそういう理由で別れた妻に会うわけにもいかないので、家の近くまでは行っても、

「……裏口の方へ廻って、空地の中へ這入り込むと、二三尺の高さに草がぼうぼうと生えている一とかたまりの叢《くさむら》のかげにしゃがんで、息を殺した」

そしてそこでアンパンを咬《かじ》りながら、リリーが散歩に出てくるのを二時間も待っている庄造を、僕はむろん笑えない。おそらく一度でも猫を飼ったことのある人間は誰も笑えないと思う。

それくらいなら最初からリリーを手ばなすなと言いたい気もしないではないけれど、しかし、庄造は僕と違って自分の都合からではなく、泣く泣く手ばなしたのである。というのも彼は、福子が晩酌の肴にこしらえた小鯵の二杯酢を、自分ではろくに食べもせずリリーに「スッパスッパ二杯酢の汁をしゃぶるだけで、身はみんなくれてやってしまう」ような男で、要するに無類の猫好きというよりも無類の猫可愛がり……猫可愛がりに猫を可愛がる男なのである。そんなふうに毎日まいにち夫に猫ばかり可愛がられては、妻としては面白くないのも当然だろう。とうとうある日、福子は堪えきれなくなり、庄造の胸倉を取って小突きながら、リリーを追い出すかあたしが実家に

帰るかどちらかを選べと迫る。こうして気の荒い後妻を持つ気弱な男は、小説の結末近く、猫をくれてやった先妻の家の裏の叢に潜むことになるわけだ。

こんなふうに、いったん猫を飼い出すとあとがたいへんである。猫と一生つき合うのも手がかかるし、その猫を手ばなすことになればなったで気苦労が絶えない。そういう意味で、これから猫を飼おうと思っている人はぜひこの小説を読んで覚悟を決めるべきである。僕はこれから猫を貰ってくれた女性の家へ電話をかける。電話をかけて、猫のその後の様子を聞くつもりだ。あるいは、ひとめ猫に合わせてくれと頼むことになるかもしれない。

最後に、言い忘れたがこの小説の舞台は関西で、登場人物はとうぜんその土地の言葉で喋る。次の庄造のぼやきを、猫好きの男を夫に持つ女性に捧げます。

「焼餅だんが。――阿呆らしい、猫可愛がり過ぎる云うて焼餅やくもん、何処の国にあるか知らん、気違い沙汰や」

その四

昼間、机に向って本を読んでいると、知り合いの女の子から電話がかかってきて、いきなり、ナオミのことで相談があるんだけど、と言う。僕はしばし押し黙り、ナオミ、ナオミ、ナオミと口の中で呟いてみて、身に覚えがないことを確認したあとで、言い返した。

「悪いけど、相談する相手をまちがえてるんじゃないか？　でもちょうど良かった、きみに電話をかけようと思ってたところなんだ」

「何をわけのわかんないこと言ってるの」

「うん？」

「あたしはナオミのことで相談があると言ってるのよ」

「……」

「どうしたの」

「僕にはナオミって聞こえるんだけどね」

「そう言ってるわよ」

「知らないなあ」

「知らないわけないでしょ、正午さんにもらった猫の名前よ」

「僕があげた猫の名前？」

「そう」

と彼女は電話口でなんだか勝ち誇ったような声をあげたけれど、しかし僕が彼女にあげた(というか、はんぶん押しつけた)猫にはもともと名前はなかったのである。友だちが酔狂で拾ってきて、そのまま僕の部屋に居ついてしまった野良猫だから名前などあるわけがない。三カ月のあいだ一緒に暮していたときも「おい」とか、「こら」とか、「ちょっと、きみ」とか呼んで済ませていた。だからその猫に、勝手に女の名前を(雌猫だからまあ当然といえば当然だが)付けておいていきなり、ナオミのことで相談があるんだけどなんて言われても、こちらとしては咄嗟《とっさ》に理解に苦しむのである。

僕は片手に持っていた読みかけの本を机の上に伏せて置き、心を落ち着けるためにタバコを一服してから言った。

「なんだナオミのことか」

「そうよ」

「じつは僕もナオミのことで電話をかけようと思ってたんだ」

「ナオミに何か用？」

「君の方から先に話せよ」

「あのね、考えたんだけどやっぱり手術を受けさせようと決心したの。妹も母もそれがいいって賛成してくれてるし、ナオミにもね、あたしはあたしが生きてるかぎりあなたのことには責任を持つからって言いきかせて、そうしようって結論になったの。妹はあたしと同じで猫好きだから何匹いてもかまわないけど、母はほんとは苦手の方だからナオミだけなら我慢できても、もし子猫が生れたときには面倒も起るだろうし、母だけじゃなくてほかの人にも迷惑をかけるだろうし、将来を考えると、みんなで仲良く暮していくためには、やっぱりね」

「そう。ナオミは何て言ってる?」

「あたしに任せてくれるって」

「そうか。きみが飼い主だからな」

「賛成してくれるでしょう?」

「もちろん」

「よかった。ところで、約束は憶えてるわね?」

ふたりの話に出てくる手術というのは、猫の不妊手術のことである。で、約束というのは、猫を譲るときに、もし手術をするようなことになれば費用の半分は僕が持つという約束を取りかわしていたのである。

生後一年半にもならない猫を手術台の上に載せるのは少し酷なような気もするが、しかしすでに僕は猫に対する責任を放棄しているわけだから、そのことで口出しできる立場ではない。猫じしんも飼い主に任せると言っているのなら、ここは黙って彼女の意向に従うべきだろう。

「手術の費用はいくらかかる?」

「二万円」

「じゃあ、これから会って渡そう」

「これからすぐに?」

「うん」

「あたしがそこへ取りに行くの?」

「いや、ここは散らかってるし、仕事場には女性は入れないことにしてるから」

「だったらどこかで会って……」

「いや、それもだめだ」

「……」

「できれば、その、僕がきみの家へ行って渡すというのはどうだろう。会って話したいことがあるし」

「外で会って話せばいいじゃない」

「話しにくい」

「いま家にはあたしひとりだから」

「昼間だよ。会って話をするだけじゃないか」

「話ならいま電話ですればいいじゃない」

「無理だと思うよ」

「どうして」

「じゃあちょっと代ってくれ」

「……？」

「ね？」

するとと電話の向うで大きなためいきが洩れ、なんだ、そういうこと、と彼女が言った。ナオミに会いたいなら会いたいってはっきりそう言えばいいじゃないの。

@

僕が机に向って読んでいたのは『ヘミングウェイと猫と女たち』（今村楯夫著・新潮選書）という本である。なぜ机に向って本を読んでいたかというと、締切り前で、仕事をしなければという気持があったからである。気持があるにはあったけれど、どうしても譲った猫のことが気がかりで仕事は進まず、かといってただ椅子にすわって猫の顔を思い浮べているのも芸がないし、もちろん大の男がこちらから電話をかけてひとめ猫に会いたいなんて頼むのもぞっとしない。結局、気晴しに、猫と関係の深い本の頁をぼんやりめくっていたというわけだ。

僕はさっそく身仕度を整え、三カ月をともに暮した猫との再会のために外出した。彼女の家はタクシーで十五分ほどの街の高台にある。途中で土産にショートケーキ(飼い主へ)と缶詰(ナオミへ)とを買うのも忘れなかった。いったん猫に関わると何かにつけて出費がかさむ。

見晴しのいい、とにかく静かな住宅地である。僕のアパートの前の通りに比べると交通量はゼロに等しい。三十分だけと断って(土産が効を奏したのか)家の中へ上がることを許してもらった。部屋数は適当に多く廊下は長く二階への階段も(あたり前だが)付いている。むろん芝生の庭もある。猫が遊びまわるには最適の空間だなと一目でわかる。文句はない。この家を建ててくれた(現在は単身赴任でこの街を出ている)彼女の父親に何となく感謝したい気分である。

そして問題のナオミは、ソファにすわった彼女の膝の上で実に居心地がよさそうだ。僕の顔など見向きもしない。久しぶりに再会したというのに、愛想のいい鳴き声の一つくらい、聞かせてくれてもよさそうなものではないか。そんな僕の気持にはおかまいなく、ナオミは飼い主の指で額を撫でられてうっとり目を細め、飼い主は愛撫を続けながらナオミという名前の由来を教えてくれる。この猫をもらってきた最初の日に、妹が、鼻の脇のホクロを見て、あら歌手のチアキナオミみたいねと笑った。それでチアキと呼ぶかナオミと呼ぶか迷ったのだが、チアキの方は、彼女の高校のときの同級生にその名前の子がいて、あまり感じのいい子ではなかった思い出があるので、ナオミの方を選ぶことに決めたのだそうである。

なるほどね、と僕はナオミの鼻の脇の黒いホクロ(というか丸い斑点)を見ながらあまり興に乗らない相槌を打ち、僕に飼われていたときとは違って(たぶんシャンプーでもしてもらっているのだろう)毛づやの格段にいい、まるまると太った腹のあたりを撫でてやろうと立ち上がり、手を伸ばしたとたんに、いままで薄目をつむっていたのがハッとした感じで見開いて歯をむき出し、

「フーッ」

と威嚇の声まであげてみせた。

「どうしたのナオミ、正午さんじゃないの、忘れたの?」

と飼い主が取りなすのも聞かず床へ降り立つと、背中を山型にそらして脚を踏んばり、もういちどフーッと声を出して僕を睨みつける。どうやら忘れられたみたいであ

る。それとも、憶えていて怒っているのだろうか。自分をあっさり手放してしまった昔の飼い主に対して怒りの声をあげているのだろうか。いずれにしても、一緒に暮した三カ月の思い出にいつまでも未練を持ち続けているのは僕独りのようである。猫の方は、今の自分は昔の自分とはいっさい関りがないとすでに割り切っているようである。触らせてももらえないのでは仕方がない。僕は諦めて、仕事場へ戻ることに決めた。

「帰るの？」

「もう三十分過ぎたからね。缶詰はあとで開けてやるといい、ナオミが好きなマグロ味だ」

「ごめんなさい、せっかくだけど乾燥したキャット・フードしか食べないの、そういうふうにしつけたから」

「なるほどね」

@

その夜。

僕は再び机に向いこの原稿を書き出した。本当は、猫好き作家ヘミングウェイの作品を一つ取りあげるつもりでいたのだが、ここまでで余白が足りない。このシリーズもタイトルばかり仰々しくて、結局は計画倒れの尻切れとんぼで終ることになる。どうか御容赦を。

最後に、『ヘミングウェイと猫と女たち』によるとヘミングウェイが飼っていた猫たちの子孫は彼の死後も増え続け、現在、一定の数を残してあとは希望者に譲っているそうである。アメリカ全土に散らばった猫たちは、もしヘミングウェイが生き返って現われたとしたらどんな態度をとるだろうか。そんな事を考えながら、僕は小説書きに戻る。

（日機装株式会社広報誌『ＢＲＩＧＨＴ』三月、六月、九月、十二月）

初出不明

ハイライト

　高校時代には煙草といえばハイライトのことだった。大学に入って新しい友人ができると、そうとばかりはいえなくなったけれど、やはり大勢を占めていた。大学を出て（といってもきちんと卒業できたわけではないが）、また新しい知り合いが増え、すでにかなりの少数派になっていると気づいてからも、手ばなしはしなかった。最初の本になった小説を書いているときも、机の上には常に置いてあったし、二番めのときも三番めのときも、それは変らなかった。だから、ハイライトという煙草には幾つもの思い出があるし、思い入れもある。

　高校時代の友人たちは全滅である。きれいさっぱり転向してしまって、いまでは誰も見向きもしない。かつて空いろの箱で結ばれていた少年たちのうち、ある男は大学を卒業して銀行に勤めたとたんにマイルドセブンに代えたし、ある男は結婚を前提とした恋愛中にそうなったし、ある男は女房の妊娠が判明したときから禁煙して龍角散の薄荷《はっか》パイプなどというのをくわえている。

大学時代の友人は、一人だけ砦《とりで》を守っている。ぼくと同じ中退組で、いまは札幌の焼鳥屋の職人だが、つい最近、結婚式の案内状が届いたので、残念ながら書きおろしの小説と文芸誌の短編とこのエッセイとの締切が重なって出席できないということを電話で話し、式の当日にふと思いついてタバコハカエテモニョウボカエルナとしめくくる電報を打ってみた。すると何のつもりか、あくる日おなじく電報が届いて、ドチラモカエヌとだけあった。おそらく、いまでもハイライトを喫《す》っていると報告したくなるほど、彼にも思い入れがあるのだろう。

大学をやめてから知り合ったなかでは、ある酒場に勤めていたバーテンのことが印象に残っている。彼は二つか三つ年上なのだが、初対面のときから実になごやかに接してくれて、ぼくの連れの女性が妙に気をまわすほど愛想がよかった。何べんか通って親しくなったあとでその話を持ち出すと、彼は、自分はそんなつもりはなかったけれど、たぶんハイライトのせいで他の客よりも近しさを感じたのだろうと説明した。店での喫煙は店主に禁じられているが、彼も好みが同じだったのである。ぼくは連れの疑いが晴れてほっとすると同時に、妙に納得してうなずいたのを憶えている。

ところで、告白するとぼくはいまキャビンマイルドという煙草を喫いながらこれを書いている。十五年間つづいたハイライトとのつき合いは今年の初め、アパートを移って以来すでに切れているのである。理由はいくつかあげられる。まず、新しいアパートの近所にある自動販売機にハイライトが置いてないというのが一つ。夜中に仕事を中断して遠くへ歩くのは非常に面倒くさい。もう一つは、親しくなりたいと願っていた女の子がそうなりかけたときにぼくの小説を読み、ハイライトを好んで喫う主人公と現実のぼくとを混同し具合の悪いことが起る。その危険をかねがね解消しなければと考えていた矢先だったこともある。それからもう一つ(これがいちばんの理由かもしれない)、ぼくはできるだけ身軽でいたいと思う。物に執着して肩のこる場所からはなるだけ遠くにいたいと思っている。それはまあ、どうしても譲れない物は残るかもしれないが、ハイライトなんて要するに、たかが煙草ではないか。

と書いたそばから、もう一本キャビンマイルドを点けて告白すると、ぼくはなんだか申し訳ない気分を味わっている。新婚旅行先からわざわざ電報をよこした旧友に対して、あるいはいまは他所《よそ》の街へ移って働いているはずの気のいいバーテンに対して。かつてハイライトをきっかけに始まり、いまも続いているすべての友情に対して。だからもうしばらく彼らにはぼくの転向を告げないでおく。当分の間、ぼくの小説の主人公は煙草といえばハイライトを喫うことになる。

追記

いまハイライト・マイルドを喫いながらこの追記を書いている。バーテンの話はでたらめで、結末は苦心の末のいい加減だが、電報のことはウソかホントか書いた本人にも曖昧である。友人の披露宴に電報を打たないはずはなく、しかし翌日、返信が届いたというのはどうも出来すぎている。

ただ、たまにこういうことは起り得る。知り合いの女の子の話をヒントにして小説を書き、それを読んでもらうと彼女が言う。「これはあたしがしたこととちょっと違うけど、でもこの小説の方がホントみたいな気がする」

（『犬』）

昇級をかけた一局

いつだったかうちのお父さんみたいと言われてくさった経験があるので女の子の前ではぜったい口にしないことにしているけれど、将棋をさすのが趣味であります。一年前から習い始めて棋力は二、三級といったところでしょうか。これだとたいがいの雑誌の担当編集者なら十分もかからずに負かすことができる。が、ぼくの師匠（アマチュア四段）にはまだまだ遠くおよばず、まともに相手にさえしてもらえません。このままいくと初段の免状もいつになるかおぼつかぬということで、今年の夏は駒落ち将棋で鍛えなおされる次第とあいなりました。

まずは上手《うわて》が飛車と角を引く二枚落ちから。これで師匠相手に五連勝できれば、昇級して、次の飛車落ち将棋へ進んでよいという約束であります。ところが勝てない。ひと通り定跡を教わってはいるのですが歯がたちません。わが師匠は弟子に定跡を指導しておきながら、対局になると定跡はずれの手ばかりさして翻弄するのであります。

さて、厚い壁にあたって悩んでおりますと、人のいい年下の兄弟子（初段）がそっと耳うちしてくれた。ここに木村義雄著『将棋大観』という駒落ちの定跡書があり、上手のまぎれ（定跡はずしの手）に対する戦法も細かく述べられていると。むろんぼくはその場で借り受け、三日三晩、読みふけったのであります。するとまさに効果はてきめん、あっというまの四連勝でついに、昇級のかかった一局をむかえることになりました。

あっけない勝利（むこうにとっては負け）のあと、さすがに怪しんだのか、やや上気した面もちで師匠は問いかけた。どこか別のクラブへ通ったか？　否。では誰かについて二枚落ちの個人指導を受けたか？　弟子はにこやかに笑ってうなずく。誰か。師匠の眼は鋭く光り、やがてぼくの答を聞くと観念したごとくにかたく閉じられたのであります。

「木村十四世名人」

追記

実話ですが、このとき以来、つきものが落ちたように将棋の駒には触れてもおりません。

（『犬』）

新しい愛のかたち

新しい愛のかたち、というテーマに即して語れるかどうか心もとないのですが、できるだけ頭において進めていきたいと思います。

まず、愛という言葉はやっかいなので脇へやって、新しいという言葉だけを考えてみると、これはたぶん現代的なくらいの意味でしょう。つまりいまの時代の、いまどきの、という意味です。要するにいまの若い(愛とか恋とかの言葉に関係するほどに若い)女性の、という形容詞にほぼ等しい意味になる。そうするとこれに対立するのは、いまはもう若くない女性の、という形容詞です。新しいものについて考えるためには、古いものを思い出さなければなりません。若い女性と、若くはない女性との比較から始めることになります。

ぼくの頭のなかで、若くはない女性の代表は母親です。年齢はちょうど六十。ぼくの父親と結婚して三十年以上たっています。一方、若い女性に関しては、現在つきあいのある何人かの女友だちと、かつてのつきあいのあった何人かの女性の顔を思い浮かべることにします(ぼくはもうじき三十二歳をむかえる独り者なので、これくらいの表現はお許し下さい)。年齢は十代の後半から三十代の前半まで。彼女たちはすべて未婚です。

さて、若い女性と若くない女性、つまり、新しい女性と古い女性との間にも共通点は見うけられるように思います。それは一言で言ってしまえば、いわゆる女らしさというようなもので、ぼくたち男性には(少なくともぼくには)逆立ちしたって真似できない点にあります。例をあげると、ぼくは最近よく女友だちと麻雀を打つのですが、そのとき彼女たちには一見、女らしさのかけらもない。いわゆる男まさりという表現がぴったりくるほどです。が、しかし一見(ざっと見たところ)というのがくせもので、これをよくよく観察すると、やっぱり女性だなと思わざるを得ない場面にぶつかるのです。

麻雀というゲームに熱中するとしばしば徹夜になることもあるので、もちろん見かけなどかまってはいられません。化粧がすこし落ちようが、髪の毛がほつれようが、スカートの裾がみだれようが彼女たちは気にしない。というよりも夢中になるあまり気がつかない。気がついて気にするのはぼく一人です。むろんぼくも夢中にはならないわけではないのですが、そこはやはり小説家なので、いつどんな場合でも冷静な観察眼が働くのです。あるいは働かせるように努めているのです。小説家も楽な商売ではありません。

で、明け方の四時か五時ごろ、ぼくはゲームの進行を忘れてふと、彼女たちの一人に眼を止めます(ぼくは女性三人を相手に麻雀を打っているのです)。眼を止めた女性はぼくと同じ年で、スナック・バーのママをつとめているのですが、くわえ煙草で牌を扱っています。しょっちゅう煙草を吸うので口紅ははげています。ドレスの袖は肘のあたりまでまくりあげています。ぼくは一秒、二秒、三秒と女らしさのかけらもない横顔に見とれています。すると、煙草のけむりに眼を細めながら彼女がふいに振り向き、ぼくの視線に気づく。次の一瞬です。彼女はほんのひととき女に戻るのです。顔全体に恥ずかしそうなこわばりが浮かび、また横を向いた彼女は吸いかけの煙草を灰皿に置くと、けだるい仕草の指先でほつれ毛をかきあげてみせる。

何度もいうようにほんの短い時間ですが、ぼくはそんな彼女の反応になんとなくホッとし、それからちょっぴり色気を感じ、やっぱり女性だなと思うのです。そして母親のことを思いあわせる。ぼくの母にも確かにそんな一瞬があった。あわただしい夕食の際に、あるいは風呂あがりのくつろいだ時間に、それとも機械的に洗濯物を干している最中に、息子の視線を感じて、一瞬、母親ではない一人の女に戻る時間がまちがいなくあったと思うのです。

仕事だけではなく、女性の言葉にもそういう瞬間は存在します。麻雀を打っているとき彼女たちの言葉つきは、それこそ男まさりで、

「チェッ」

という舌打ちが聞こえたり、

「よおし」

と掛け声をかけたり、

「このヤロウ」とか、

「あったまにきた」とか、

「やったぜ、ハネマン」

とか、文字にすればまったく性の判別がつかない感じなのです。ところが、これも徹夜になって夜食におにぎりをとったとします。それが一個だけ残っていたとします。ぼくのそばの皿の上に。すると、明け方の四時か五時ごろ、彼女たちの一人が――つまりさっきまで男まさりの言葉で叫んでいた女性がぼくに向かって、ふいに優しい口調で、

「ねえ正午さん、そのおにぎり貰っていい?」

と訊ねる。

はりつめた緊張がふっととけ、肩の力が抜けて、ぼくは苦笑しつつ、

「うん、いいよ」

と答えるしかありません。そして答えながら、ああ、やっぱり女性だなと思うのです。こういう言葉づかいの急激な変化は、ぼくの母親の場合も確かにありました。たとえば風邪をひいて布団に寝ている息子に対する言葉づかいは、ついさっきまで早く起きないと学校におくれると叱っていたときの口調とは段ちがいに優しかった。またたとえば、息子が外でしでかした不始末を嘆くときの言葉と、すぐそのあと夕食の席で口もとに御飯粒がついているよと指摘するときの言葉には明らかに落差があった。

ぼくは思うのですが、新しい古いの別なく女性に共通していえることは(仕事においても言葉においても)変わり身の激しさないしうまさではないでしょうか。うまさということでいうのは、ぼくがそういう変わり身にしばしばうっとりとすることはあっても決して嫌な感じは受けないからです。おそらく、ぼくだけに限らず普通の男性は嫌な感じをうけないと思います。女性はそうやって一瞬のうちに急激な変わり身を見せることで、いつの時代も男性をうっとり(色気を匂わせたり、緊張を解いて微笑ませたり)させてきたに違いないのです。

次に、新しい女性と古い女性とに共通しない点を見つけなければなりません。それをぼくは結婚という問題について考えてみたいと思います。そうするのがいちばん早道のような気がするのです。なぜなら、さっきぼくが古い女性の代表としてあげたぼくの母親と、新しい女性の代表としてあげたぼくの女友だち(およびかつての恋人)との違いは、結婚しているかしていないかという点に端的に見られるからです。

ただ、ぼくの母親に向かって三十年まえになぜ結婚したのかと訊ねるのはほとんど意味がないので、ぼくの女友だち(およびかつての恋人)はなぜ結婚しないのか、あるいは結婚を急がないのかということを少し考えてみたいと思います。

ぼくの疑問に対して一つの答えになると思うのは、彼女たちがよく口にする「一人で……したい」という言葉です。たとえばぼくが映画に誘う。彼女が断わる。どうしてと訊ねると、今日は一人でいたいからと答えます。たとえば彼女が旅行の計画を立てている。それはぼくと行くのでもない誰と行くのでもない一人旅の計画である。一人きりで旅に出たいから。たとえばぼくの部屋に彼女が遊びにきて料理をつくる。二人で仲良く食べてコーヒーを飲んでレコードを聞いて、さてこれからというときにとつぜん帰ると言い出す。理由を訊くと、別に訳もない、一人になりたくなったからと言う。いずれの場合も、取り残されたぼくは憮然とするしかない。

実はいまも思いだして憮然としているのですが、しかしこの言葉、というよりもほとんど口癖をよくよく考えて、ほんのすこし大げさな結論を導くと、結婚という制度に対する反旗ともとれないことはない。結婚とは(女性の側から見れば)男性と二人になることだからです。「一人で……したい」という言葉はその命題を真っ向から否定しているからです。おそらく彼女たちは——新しい女性たちは、結婚に不向きだということを自分で知っているに違いありません。だから、いつまでも結婚しないし、あるいは結婚を急がない。「一人で……したい」という言葉が自分の口をついて出るかぎり。

そういう彼女たちの与える愛が、そして求める愛が、新しいかたちを備えているのは当然のような気がします。しかしそれが結婚というかたちではないという点だけしか、いまのところぼくにはわかりません。新しい愛のかたちではないけれども、当分の間は残りつづけるはずの結婚というかたちと、彼女たちがどう折りあいをつけていくのかも、興味深いけれど予想がつきません。

(『犬』)

印象記

ふだんならまだ酒場にいてもめずらしくない時刻に起き出して、佐世保駅の自動販売機でコーヒーを飲み列車にとび乗ると二時間で博多、タクシーで飛行場へ、こんどは空路二時間で千歳に着く。つづいて一時間をバスに揺られ、小雨の札幌に午後二時半、ホテルで編集者とおち合い、東京からの飛行機が遅れた批評家を待って三人で今後の打ち合せをすませると、さっそく一番目の仕事にとりかかった。午後六時。同人誌に参加している若者、といってもぼくより年かさらしき人もちらほら見える。居酒屋の座敷で男はあぐらをかき、女は横ずわり。まず東京の編集者と批評家が喋り、次に札幌の小説家たちが喋り、佐世保の小説家は黙り込む。たまに発言の機会があっても、緊張のため声は詰るし、咄嗟には何が話題になっているのかも判らない。三時間ほど恥しい思いをしたあとで、初日のいくらかいたたまれぬ場から解放された。

二日目。午後、藤女子大へ向った。東京に比べるとちょっと恰好が地味かなと、同じ年頃の学生を教えている批評家が感想を呟いたけれど、ぼくは校内へ入ったとたんに眼がくらんだようで彼女たちの服装まで観察する余裕はない。教室で机を囲み缶ジュースを飲みながら話を聞く。文学部の学生たち。若手の小説家のなかでは村上春樹が圧倒的に読まれているというのが、ようやく焦点の合い出したぼくが刻みこんだ唯一の印象である。あとは気に入った女の子の顔を眺めていた。ぼくはどうもこの手の企画向きではないようだ。

三日目。北大恵迪《けいてき》寮の学生たちと夕食をとりながら話す。彼らはよく食べよく喋りよく飲む。酔わないうちは行儀もいい。二、三人はぼくの小説を読んでくれていて、正直で判りやすい感想を述べる。もちろん他の本も読んでいるし、プロレスも見るし、外国へ一人旅の経験もあるし、留年もしている。ちょうどぼくが大学にいた頃の友人たちを見るようだ。二時間ほどで別れを告げて、次は同じ大学の文芸サークルの学生に会う。彼らはぼくが七、八年前そうだったように原稿料なしの小説を書いている。ただ、ぼくとちがうのは一人でこっそり書かずに堂々と活字に組み、仲間の批評を請う。その批評の信頼度と、書き手にあるはずの(裏付のない)自信と、二つの兼ね合いがどう処理されているのか同人誌の経験がないのでぼくには想像もつかないが、あえて聞くまではしなかった。

四日目。プライベート。札幌の夜は呼び込のたちが悪く、女性は美しい。

五日目。朝、ほとんど徹夜に近い状態でバスにとび乗り、あとは初日と逆のコースをたどって佐世保に夕方着いた。行きつけの店でいつものものを飲み、一晩、無能を反省して小説書きに戻る。

追記

これは文芸誌『すばる』の企画で札幌へ旅行させてもらったときの印象記。締切りぎりぎりで(まだFAXを入れる前だったと思う)ゲラを見る時間がなく、担当編集者の判断で生原稿に手直しが加えられたものがそのまま雑誌に載った。よって、佐藤正午風の表現ではない部分が何カ所かあって、ぼくの眼にはそれがはっきり見える。私にも見える、というような熱心な佐藤正午の読者がいらっしゃれば、嬉しいんだけど。

(『犬』)

夏の博打

きょうも暑くなりそうだ。

そんな目覚めがまる一ケ月も続いて、一滴の雨も降らず、風のない午後に仕事部屋で机に向っていると、けだるさが日に日に増してくる。額から吹きだした汗はゆっくり眉《まゆ》を伝い、眼に流れる。ぼくの睫毛《まつげ》は短い。指先で拭《ぬぐ》い、顔をしかめていると、開け放した窓の外、網戸の向うからプロペラ機の音が聞こえてきて、それは連日の水涸《みずが》れを警告し節水を呼びかける市役所の広報ではなくて、きょうはものうく競輪の開催を知らせている。ぼくは汗でぬめる万年筆を置き、シャワーを浴びに立つ。それから缶ビールを開け、電話をかける。呼出し音が七回鳴って、不機嫌な女の嗄《しわが》れ声が、

「何時なの?」

「もうじき正午。また頼みがあるんだけど」

「お給料日まえよ」

「郵便貯金をおろせばいい」

「エアコンを買ったわよ。ゼリー入りのスキンも」

「三万でいいんだ。これからすぐ行く」

「どうせすぐ帰るんでしょ」

「夕方また寄るから」

「お店へ出るまえに疲れるのはいや」

エアコンの効いた部屋でゼリー入りを使い、三万円持って競輪場へ行く。二時。太陽はまだ頭の上にあって照りつける。五千円で運だめしの本命を買ってメインスタンドにすわる。薄緑いろのアスファルト走路は外側へ向って高く傾斜している。走路の周囲を金網のフェンスが仕切る。熱く焼けたフェンスに近寄る物は誰もいない。メインスタンドのいちばん上の席から見下ろすと、擂鉢《すりばち》の底を覗《のぞ》いているような気がする。擂鉢の縁まで熱気は立ちのぼる。喉《のど》がからからに渇く。ビールが欲しいが、場内でのアルコール類の販売は禁止されている。酔った勢いで身上つぶすな。主催側の配慮である。生唾《なまつば》を呑《の》みくだし、喉を痛くしながら、擂鉢の底にゆらめく陽炎《かげろう》を、あるいは眼に入った汗のせいでゆがむアスファルトをじっと見守るしかない。

暑さをつのらせる行進曲にのって九人の選手が入場し、擂鉢を走り回って摩擦熱を立て、引きあげる。ぼくの汗ばんだ手に一万なにがしかの現金が支払われる。屋台売りのシャーベットを舐《な》め、汗と埃《ほこり》まみれの空気の匂いを嗅《か》ぎながら、ほの暗い車券売場を歩く。迷い、ためらい、予想屋の濁声《だみごえ》を聞き、汗を拭い、決断のために歩きまわる。札をくずし、失い、取り戻し、くり返して、最終レースがやってくる。持ち金、約五万円。本命、4—6。予想屋が唸《うな》る。かたいかたいウナギのあたま。別の予想屋が拳《こぶし》を振り上げる。穴が出るぜ穴が。暑い。喉の奥が、頭のなかが暑い。背中にはりついたTシャツが暑い。股間《こかん》で乾いたゼリーが暑い。決断が暑い。4—3。ふたたびメインスタンド。人いきれ。作業服の太い腕。サンダルの骨ばった素足。汚れたタオル。赤黒い顔。肉の厚い耳。耳の穴からのびた黒い毛。タバコの煙、煙、煙。甘い期待のざわめき。そして一瞬の沈黙。ピストルが撃たれる。播鉢が最後に熱くなる。ジャンが鳴り、耳もとで熱い空気が反響する。最後の一周で、立ちあがる。三千人の男たちの一人としてぼくは立ちあがり息を殺す。また汗が眼に入り、直線がゆがむ。……。3—4。ぼくはすわりこむ。運のない男たちの、うなだれた選手への罵声《ばせい》を聞きながら、椅子の上へ崩れ落ちる。吐息。深い吐息。夏の終りの吐息。

それが去年の夏、最後の競輪だった。今年もまた夏が来て八月の終りになれば、熱い播鉢の縁で吐息をついてもつかなくても、ぼくは三十歳になる。

追記

エッセイの名を借りて、よくもまあ抜け抜けと書いたものだ。我ながら呆れるけれど、これはいわば(書かれなかった)短編小説のデッサンみたいな一文である。

(『犬』)

うなぎにまつわる彼の話

もちろん彼は子供の頃からうなぎが好物だった。しかし彼とは二十代になってから知り合ったので、ぼくはよく知らないが、当時彼の家はそれほど経済的に余裕がなかったし、彼とちがってぼくはうなぎは好きな方じゃないのでよく判らないが、当時（もいまも？）うなぎは高価な魚だったから彼の口にはなかなか入らない。普通の子供が正月のお年玉を心待ちするように、彼は夏の土用を首をながくして待ったそうである。だから、ぼくがある年、祖母は他の親戚が皆五百円なのに、お年玉を百円札一枚しかくれなかったといまでも記憶しているのと同じで、彼はある年母親に食べさせられたちっとも美味しくないうなぎの味を忘れたことがない。

何故その年のうなぎだけが、彼の三十年近い人生で出会った数々のうなぎたちと味が異なったのか？　それは実はうなぎではなくあなごの蒲焼だったからだ、という明快な答をすでに彼は見つけている。しかしそれが正解かどうかはわからない。なぜなら彼の母親は頑として その事実を認めないからである。彼は問題のうなぎを食べてから謎を心に抱きつづけ、十年近い後、はじめて鮨屋であなごを口にしたときその謎を解いたと確信し、すぐさま家へ帰って母親に問い質したのだが、彼女は違うと言った。いまでも言っている。つまりいまでも、

「ねえ、頼むから教えてくれよ。怒らないからさ。あなごだったんだろ?」

「うなぎだって言ってるでしょ」

「いやあなごだ」

「うなぎです」

といった会話が母と息子の間で交されることがあるらしい。

うなぎが大の好物の息子に、年に一度、家の経済には眼をつむっても食べさせてやりたいという母親の気持はわかる。そして店先でうなぎよりもはるかに安い(かどうかぼくは知らない)けれど、見かけはそれほど変わらないあなごを眼にしたとき、財布の中身を思ってにわかにぐらついた主婦の気持もわかる。と、彼は言うのである。味だって子供には区別がつかないだろう、そうおふくろが考えたとしてもせめられない。ひょっとしたらあのとき、おれがこのうなぎ変な味がすると文句を言っても、ちっともかまってくれなかったのは、本当は聞かぬふりをしながら、心のなかで泣いていたのかもしれない。

しかし、あれからもう二十年である。昔の貧乏だって今は笑い話にできるほど歳月は流れた。いまさら、しつこく隠しだてすることもないだろうに。と、彼はぼくに同意を求める。

「そう思わないか？」

「まあな。でもいいじゃないか。おまえは謎を解いたと信じてるんだから」

「だめだ。おふくろが白状するまでは絶対だめだ」

彼は、ぼくの競輪とバー通いの仲間である。ぼくは彼にぼくの最初の本を贈ったが、彼はもともと読書の趣味はないので一頁も読まずに母親に譲った。彼女はぼくの小説を三日くらいで読み終えて、いい友達を持っていると息子を誉めたそうである。

追記

「ニセモノ」というテーマで依頼されたこの文章には、書いている最中から気づいていたけれどいま読み返してもやはり無理がある。問題はうなぎとあなごの価格に果してどれほどの差があるかという点で、つまり、あなごと貧乏とがどう考えてもしっくり結びつかないというのが致命的である。その辺が苦しくて〝ぼくはうなぎは好きな方じゃないのでよく判らないが〟などと逃げているのだが、実を言うとうなぎはぼくの大好物である。そしてこの文章の中の彼は実在しない。さらに打ち明ければ、ぼくは彼のように母親に問い質したりはせず、こういう妙ちくりんなエッセイを書いて、一人で昔のことを振り返るようなタイプの男である。

（『犬』）

あとがき

古いものは、古いものから順に消えていく。

それでいいと思う。

小説やエッセイも、他の同業者の話ではなく佐藤正午の書いた本はという意味だが、古くなって誰にも顧みられなくなったものは消えてしまっていいと思っている。絶版になろうと断裁されようとかまわない、というか仕方がない。読む人がいないのであれば。

一九八九年、いまから三十五年前に文庫で出た佐藤正午初のエッセイ集『私の犬まで愛してほしい』の場合、記憶では、出たときから誰にも読まれず、出てすぐ消えた。比較的早い時期から、僕はその本をもうないものと見なして、次の仕事、そのまた次の仕事にと勤しんできた。結果、ないことにすっかりなじんで作家生活四十年目を迎えた。

だから戸惑っている。

担当の編集者西澤昭方君から、古いのも漏らさず収録したエッセイ集を三冊「岩波現代文庫」で出しましょうと提案されたときも戸惑ったし、こうして、その最も古い時期のものを集めた一冊目のあとがきを書いているいまも戸惑っている。もののたとえだが、早逝してこの世から消えてしまい、もう会えないと思っていた人が生まれ変わってここにいる。本書『かなりいいかげんな略歴』には、三十五年前の『私の犬まで愛してほしい』がほぼまるまる収められている。

むろん生まれ変わったからといって、もののたとえなのだし、古いものが新しくなるわけではない。古いものは古い。送られてきた校正刷りを通読して率直に、僕はそう思った。

どこいらへんが古いか。たとえば、

三十八ページ「豊饒なる未来に」と題した文章の、野呂邦暢の死に触れた冒頭を読んでみる。

昭和五十五年五月七日。青年の気まぐれな日記に間違いがなければその日の朝に作家は息をひきとった。快晴である。五月晴れの青く澄みわたった空に誘われて無職の青年は散歩にでかけ、世の男たちは明るい陽の射し込む部屋で連休ぼけの頭をふりながらたまった仕事に精をだし、女たちは洗濯物を干し終えて真白な雲をふり仰ぐ。

ここ、古い。おじいさんは山へ芝刈りに、おばあさんは川へ洗濯にの時代ほど古いだろう。一組の男女の夫婦がいて、男は外へ仕事に出かけ、女は家事を引き受ける。そういった日本の風習を前提にここは書かれている。

これだいじょうぶか。僕は書いた本人だからまあ……どう言えばいいか、若気のいたり？　みたいな便利な言葉を持ってきて、斟酌して大目に見ることもできるけど、斟酌どころか二〇二四年の新たな読者には文意が通じるのか。当時は何、洗濯屋さんで多くの女性が働いていたってこと？　とか誤解を招かないだろうか。

というような懸念もあり、これをそのままのかたちで本にすることに僕はあまり積極的になれなかったのだが、担当者はそのへんの古さも（たぶん）承知で、それでもなおかつ最初の一冊として『かなりいいかげんな略歴』を世に送り出したいと譲らない。西澤君は言う——私は夢中になって読みました、スタートを切ったばかりの小説家の瑞々しく親しみ溢れるエッセイを。校正者も（仕事は仕事として）楽しく読まれたようです。印刷所の文字入力のオペレーターにいたっては作業中に、正午さんの文章が面白いので読みふけって、入力の手が止まって注意されたという噂も伝わっています。

……マジか。

……マジか、というのは仮に、もしそれが作り話じゃなくて実話なら、おそらく僕は三十五年前の過去から地続きの現実とは別の世界——『私の犬まで愛してほしい』が大好評を博し、版を重ねて佐藤正午の名がもっと高まっていたであろう並行世界——にでもいることになるはずだが？という意味なのだが、そんな嫌味を担当者に言って議論しても始まらないから、とにかく、いささか戸惑いつつも、こうしていま、あとがきを書いている。

結局、僕の考えはこうだ。

さっき心配した「これだいじょうぶか」がだいじょうぶでなければ、この文庫もまた誰にも読まれず、出てすぐ消えるだろう。最初に断っておいたように、それはそれでかまわない。仕方がない。文句もないし、悔しいとも、惜しいとも思わない。古いものは古いものから順に消えていく。それでいいと思う。

あともうひとつ、「誰にも読まれず」とは文字通りではなく言葉の綾、「大勢の人に好まれず」と同じくらいの意味で、毎月出版される本の中に大勢の人が群がる本とそうではない本があるのは当然だろうし、しかも、ここがポイントだが、大勢の人に好まれる本を(これは文字通りの意味で)誰もが、日本語の読める人全員が一律に好むわけでもないだろう。好評を博し版を重ねている本を試しに読んでみて、はあ?と呆れた経験なら何度かあるし、逆にこんなに面白い本がなぜ評判にならないのかと首を傾げた経験もある。

つまり、何が言いたいのか。要は、

一冊の本を読む誰かと、別の誰かとの感想がぴったり合致するとは限らないわけで、ということは、たとえ僕が自作を読んでどう思おうと、何を心配しようと、この文庫『かなりいいかげんな略歴』を刊行する障害にはなり得ないだろうと言いたい。

大勢が好む本にわれもわれもと群がる人ばかりなら、そもそも僕の本など出版されないのが道理だろう。そうではない人がいて、一般読者だけではなくて編集者にも、校正者にも印刷所の入力オペレーターにも(マジか?)、書評家にも、書店員にも、その他もろもろ出版関係者の中にいて、数は少なくても確実にいるおかげで、佐藤正午はまがりなりにも作家稼業を今日まで続けてこられたのだ、ともこの場を借りて言っておきたい。

その人たちに四十年分の感謝をこめて。

佐藤正午

＊本書は岩波現代文庫のために新たに編集された。底本を以下に記す。

『私の犬まで愛してほしい』（集英社文庫、一九八九年）　かなりいいかげんな略歴／諫早―中学時代／佐世保―高校時代／札幌―大学時代／豊饒なる未来に／二〇〇一年の夏……／むかし自転車いま競輪／先生／独り遊び／子供たちへ／忘れがたき／三つの文章／恋人の忌日／友情と原稿料／煙草と女／佐世保の片隅で／一九七一年／一九七二年／一九七三年／西の街の気候と服装／毎日が土曜の夜／夏の記憶／『旅路の果て』／あいかわらずの新年／羊のヒレカツ／足かけ八年／あとがきのあとがき／とにかく時代はかわりつつあるのだから／電話と小説／彼らの旅／傘にまつわる悔しい話／もう一つの『永遠の1／2』／映画〝永遠の1／2〟のパンフレット／映画が街にやってきた／一九八八年／坂道と恋愛／言葉づかいと恋愛／女について1／女について2／競輪ファン／主人公の声／たまには純文学もいい／小説『リボルバー』の映画化まで／ジェットコースターに乗ったみたいに／ハイライト／昇級をかけた一局／新しい愛のかたち／印象記／夏の博打／うなぎにまつわる彼の話

『ありのすさび』（岩波書店、二〇〇一年）　春の嵐／猫と小説

『象を洗う』（岩波書店、二〇〇一年）　テレビと野球／雨降って地ゆるむ／小説家になる前／象を洗う毎日

『豚を盗む』（岩波書店、二〇〇五年）　［書評］丸谷才一編『現代の世界文学　イギリス短篇24』宮本陽吉編『現代の世界文学　アメリカ短篇24』／［書評］川西蘭『ブローティガンと彼女の黒いマフラー』／きのう憶えた言葉／ペイパー・ドライバー／浴衣と爆竹の長崎

かなりいいかげんな略歴
エッセイ・コレクションⅠ ―1984-1990

2024年7月12日　第1刷発行

著　者　佐藤正午《さとうしょうご》

発行者　坂本政謙

発行所　株式会社 岩波書店
〒101-8002 東京都千代田区一ツ橋2-5-5
案内 03-5210-4000　営業部 03-5210-4111
https://www.iwanami.co.jp/

印刷・精興社　製本・中永製本

ISBN 978-4-00-602360-7　　Printed in Japan

岩波現代文庫創刊二〇年に際して

二一世紀が始まってからすでに二〇年が経とうとしています。この間のグローバル化の急激な進行は世界のあり方を大きく変えました。世界規模で経済や情報の結びつきが強まるとともに、国境を越えた人の移動は日常の光景となり、今やどこに住んでいても、私たちの暮らしは世界中の様々な出来事と無関係ではいられません。しかし、グローバル化の中で否応なくもたらされる「他者」との出会いや交流は、新たな文化や価値観だけではなく、摩擦や衝突、そしてしばしば憎悪までをも生み出しています。グローバル化にともなう副作用は、その恩恵を遥かにこえていると言わざるを得ません。

今私たちに求められているのは、国内、国外にかかわらず、異なる歴史や経験、文化を持つ「他者」と向き合い、よりよい関係を結び直してゆくための想像力、構想力ではないでしょうか。

新世紀の到来を目前にした二〇〇〇年一月に創刊された岩波現代文庫は、この二〇年を通して、哲学や歴史、経済、自然科学から、小説やエッセイ、ルポルタージュにいたるまで幅広いジャンルの書目を刊行してきました。一〇〇〇点を超える書目には、人類が直面してきた様々な課題と、試行錯誤の営みが刻まれています。読書を通した過去の「他者」との出会いから得られる知識や経験は、私たちがよりよい社会を作り上げてゆくために大きな示唆を与えてくれるはずです。

一冊の本が世界を変える大きな力を持つことを信じ、岩波現代文庫はこれからもさらなるラインナップの充実をめざしてゆきます。

（二〇二〇年一月）